MAREN SCHWARZ
Insellüge

UNGESÜHNT 1986 verschwindet in Bayern ein Säugling. Der Fall wird nie aufgeklärt. Doch 30 Jahre später gerät er, im Zusammenhang mit einem mysteriösen Todesfall auf Rügen, wieder in den Fokus polizeilicher Ermittlungen. Ein Mann starb an einer Zyanidvergiftung, wie Rechtsmedizinerin Leona Pirell bei dessen Obduktion feststellt. Da sich das Gift in einem ausgehöhlten Zahn befand, gerät der Zahnarzt des Opfers unter Tatverdacht. Doch Leona glaubt nicht an seine Schuld und beginnt auf eigene Faust zu ermitteln. Der Zufall spielt ihr einen Spindschlüssel in die Hände, der dem Toten gehört hat. Er führt Leona zum Schließfach eines Sportstudios, in dem sich ein Umschlag befindet. Dieser enthält eine Liste mit Kontonummern. Als sie zusammen mit Peer Boström, dem ermittelnden Kriminalkommissar, dieser Spur nachgeht, stößt Leona auf einen Sumpf aus Korruption und Machtmissbrauch und deckt ein gut gehütetes Geheimnis auf, bei dem es um die Begleichung einer alten Schuld geht.

Maren Schwarz, Jahrgang 1964, ist eine waschechte Vogtländerin, deren Krimis auf der Insel Rügen, ihrer zweiten Heimat, oder im Vogtland spielen. Neben Kriminalromanen schreibt sie Beiträge für verschiedene Kurzkrimi-Anthologien. »Insellüge« ist bereits ihr vierter Rügenkrimi im Gmeiner-Verlag und der zweite Fall für Rechtsmedizinerin Leona Pirell. Maren Schwarz ist Mitglied im »Syndikat«.

Bisherige Veröffentlichungen im Gmeiner-Verlag:
Gesichtsverlust (2016, E-Book Only)
Inselfeuer (2015)
Eisschwestern (2013)
Treibgut (2012)
Zwiespalt (2007)
Maienfrost (2005)
Dämonenspiel (2005)
Grabeskälte (2004)

MAREN SCHWARZ
Insellüge
Kriminalroman

Besuchen Sie uns im Internet:
www.gmeiner-verlag.de

© 2018 – Gmeiner-Verlag GmbH
Im Ehnried 5, 88605 Meßkirch
Telefon 07575 / 20 95 - 0
info@gmeiner-verlag.de
Alle Rechte vorbehalten
1. Auflage 2018

Lektorat: Katja Ernst
Herstellung: Mirjam Hecht
Umschlaggestaltung: U.O.R.G. Lutz Eberle, Stuttgart
unter Verwendung eines Fotos von: © thomasfuer/photocase.de
Druck: CPI books GmbH, Leck
Printed in Germany
ISBN 978-3-8392-2221-8

*Personen und Handlung sind frei erfunden.
Ähnlichkeiten mit lebenden oder toten Personen
sind rein zufällig und nicht beabsichtigt.*

PROLOG

Es ist spätsommerlich warm an diesem Sonntag, dem 7. September 1986. Die Sonne scheint von einem strahlend blauen Himmel auf die Kleinstadt Medorf. Idyllisch, könnte man meinen.

Es ist kurz nach 14 Uhr, als Gundula Huber ihren knapp zwei Monate alten Sohn Gabriel in den an ihr Wohnhaus angrenzenden Garten bringt. Sobald er in seinem Kinderwagen eingeschlafen ist, geht sie ins Haus und legt sich hin. Eine Gewohnheit, die ihr an diesem Tag zum Verhängnis werden soll. Denn als sie in den Garten zurückkehrt, ist das Baby verschwunden.

Die daraufhin benachrichtigte Polizei setzt alle Hebel in Bewegung. Sämtliche Zufahrtsstraßen werden gesperrt. Großalarm wird ausgelöst, der nahe gelegene Wald durchforstet. Jedes Auto wird überprüft. Suchhunde sind im Einsatz. Ein Dorf befindet sich im Ausnahmezustand. Radiostationen melden erste Details. Eine ganze Nation fühlt mit den Eltern und Gabriels zwölfjähriger Schwester. Sie stehen unter Schock und werden ärztlich betreut. Doch trotz intensiver Suche bleibt das Baby verschwunden. Auch die Berichterstattung in den Medien kann daran nichts ändern.

Frankenpost, Montag, den 8.9.1986

Die Polizei bittet um Mithilfe!

Seit dem 7.9.1986 wird Gabriel Huber vermisst. Der knapp zwei Monate alte Säugling stammt aus dem oberfränkischen Medorf. Die von seiner Mutter gegen 16 Uhr alarmierte Polizei geht von einer Kindesentführung aus. Gabriel trug einen hellblauen Frotteestrampler mit weiß abgesetzten Bündchen der Marke Liegelind. Zum Zeitpunkt seines Verschwindens wog der Junge etwa 5.400 Gramm und war rund 60 Zentimeter groß. Wer kann Angaben zum Aufenthaltsort des Kindes machen? Sachdienliche Hinweise bitte an die Polizeiinspektion Kulmbach, an das Polizeipräsidium in Bayreuth oder an jede andere Polizeidienststelle.

Inzwischen ist die Suche mit Hubschraubern und Diensthunden verstärkt worden. Felder und Waldgebiete rund um Medorf werden durchkämmt. Drei Tage nach Gabriels Verschwinden sind 1.000 Beamte im Einsatz. Auf einer von der Staatsanwaltschaft und Kripo am Abend des 11. September einberufenen Pressekonferenz werden 10.000 D-Mark Belohnung ausgesetzt. Zeitgleich führen Ermittler eine Befragungsaktion durch, um Zeugen aufzuspüren, die um diese Uhrzeit im nahe gelegenen Waldstück joggen oder spazieren waren.

Zehn Tage später wendet sich der zuständige Leiter der Soko Gabriel mit einem offenen Brief an die Bevölkerung von Medorf und Umgebung. Er macht deutlich, welch entscheidenden Beitrag die Einwohner der Region zur Aufklärung des Vermisstenfalls leisten können. »Seit der Fall von den Medien aufgegriffen wurde, gingen mehrere Hinweise ein, denen sofort nachgegangen wurde. Leider gibt es noch immer keine konkreten Anhaltspunkte. Trotzdem bin ich der festen Überzeugung, dass wir den oder die Täter mit Ihrer Unterstützung zu fassen kriegen.« Am Ende seines Briefes bedankt er sich bei der Bevölkerung für die bisherige Unterstützung. »Wir tun alles in unserer Macht Stehende, um Gabriels Familie Gewissheit über das Schicksal des Jungen zu geben. Sollten Sie Informationen zum Aufenthaltsort des Kindes haben, setzen Sie sich bitte mit der Polizei in Verbindung.«

Am 26. September 1986 wird der Fall bei »Aktenzeichen XY« ausgestrahlt. Gabriels Mutter nimmt die Sendung zum Anlass, um sich in einem dramatischen Fernsehaufruf an den Entführer zu wenden: »Bitte gib uns unser Kind zurück oder sag uns, wo wir Gabriel finden können!« Doch die Telefone bleiben stumm.

Zwölf Tage später wird die flächendeckende Suche nach Gabriel aufgegeben und durch eine hinweisgebundene Suche ersetzt. Es gibt noch immer kein Motiv, keine Lösegeldforderung. Nichts, was Aufschluss über Gabriels Schicksal geben könnte.

1. KAPITEL

Leona hielt sich ihre pulsierende Wange. Warum mussten Zahnschmerzen sich ausgerechnet dann einstellen, wenn man sie am wenigsten brauchen konnte? Entweder kurz vor dem Urlaub oder, wie in ihrem Fall, am Wochenende. Sonntagmorgen, um genau zu sein. Auf dem Weg ins Badezimmer verstärkte sich das dumpfe Pochen zu einem stechenden Schmerz. Es war zum Verrücktwerden. Erst die Sprunggelenkfraktur, dann die Schlafstörungen und nun spielten auch noch ihre Zähne verrückt. Kein Wunder, dass sie sich in letzter Zeit ausgelaugt und kraftlos fühlte. Dabei wusste sie genau, dass ein Großteil ihrer körperlichen Beschwerden auf ihre seelische Verfassung zurückzuführen war, dass sie in Wirklichkeit ihre Ängste widerspiegelten. Ängste, die sie seit dem Tag mit sich herumtrug, an dem sie aus der Klinik entlassen worden war. Jedes Mal, wenn das Telefon klingelte, schrak sie zusammen. Daran konnten auch Peers Beteuerungen, die Polizei werde nicht eher ruhen, bis man Olrik Bruhns gefunden habe, nichts ändern. Allein der Name jagte ihr einen Schauer über den Rücken. Kein Wunder, dass sie jede Nacht schweißüberströmt aufwachte. Aus einem Albtraum, in dem Bruhns die Hauptrolle spielte und der so realistisch erschien, dass sie noch immer seine Hände an ihrem Hals zu spüren glaubte.

»Du musst dich deinen Ängsten stellen«, hatte ihre Freundin Jenny ihr geraten. Aber das war leichter gesagt als getan. Ihr ganzes Leben hatte sich seit jener Schreckensnacht verändert. Es gab zwar Momente, da hielt sie es für möglich, in die Normalität zurückzufinden, doch dazu müsste Bruhns erst mal dingfest gemacht werden. Er war jetzt schon so lange untergetaucht, dass es mit jedem Tag unwahrscheinlicher wurde, ihn aufzuspüren.

Mit einem resignierten Seufzer ließ Leona Wasser in ihren Zahnputzbecher laufen und griff nach der Zahnbürste. Als ihr Blick dabei den Spiegel streifte, zuckte sie erschrocken zurück. Die Frau, die ihr daraus entgegenstarrte, hatte gerötete Augen, bleiche Haut und eine geschwollene Wange. Was der Spiegel nicht zeigte, waren die Schmerzen, die sich dahinter verbargen. Leona musste dringend zum Zahnarzt. In Gedanken sah sie sich in einem überfüllten Wartezimmer sitzen. Allein die Vorstellung verursachte ihr Unbehagen und verstärkte ihre Angst vor der Behandlung. Wer ging schon gern zum Zahnarzt? Doch wenn sie ihre Beschwerden loswerden wollte, blieb ihr nichts anderes übrig. Womit sie beim nächsten Problem angelangt war. Ihr letzter Zahnarztbesuch lag fast zwei Jahre zurück. Damals hatte sie noch in Netzschkau gewohnt und war regelmäßig zur Kontrolle gegangen. Auf Rügen hatte sie sich noch nicht um einen neuen Zahnarzt gekümmert. Augenblicklich meldete sich ihr schlechtes Gewissen: selbst schuld.

Sie ging in die Küche, um in der Ostseezeitung vom Vortag die Nummer des für das Wochenende zuständigen Bereitschaftsdienstes nachzuschlagen. So erfuhr sie, dass der für das Mönchgut und damit für Lobbe, wo sie wohnte, zuständige Zahnarzt Bissati hieß. Seine Praxis lag in Göhren und befand sich in der Nähe der Kirche. Er nahm das Gespräch persönlich entgegen. Seine Stimme war wohlklingend und weich, fast schon väterlich, was Leona als gutes Omen wertete. Wird schon schiefgehen, versuchte sie sich Mut zuzusprechen, als sie ihren in die Jahre gekommenen Passat kurz darauf am Strandhaus vorbei in Richtung Göhren lenkte. Dort angekommen, parkte sie vor der Kirche und ging die letzten Meter zu Fuß.

Der Mann, dem sie sich wenig später gegenübersah, war ein Stück größer als sie und erinnerte sie an Omar Sharif in seinen besten Jahren. Seine dunklen Haare waren an den Schläfen von ersten grauen Strähnen durchzogen und verliehen ihm einen vornehmen Eindruck. Was sie sofort faszinierte, waren seine Augen. Sie blickten so sanftmütig und waren dabei von einem so dunklen Braun, dass es ihr für einen Moment die Sprache verschlug. Bevor es peinlich werden konnte, weil sie ihn so intensiv musterte, bat Bissati sie mit einem aufmunternden Lächeln, auf dem Behandlungsstuhl Platz zu nehmen. Während sie ihm ihre Beschwerden schilderte, ließ er sich von der Arzthelferin einen Mundschutz reichen und streifte sich dünne Latexhandschuhe über. Seine Finger waren lang und feingliedrig. Leona fiel auf, dass er keinen Ehering trug. Doch was besagte das schon. Trotzdem verursachte die Vorstellung, er könnte unverheiratet sein, ein angenehmes Kribbeln in ihrem Bauch, das jedoch genauso schnell verschwand, wie es gekommen war, als Bissati damit begann, ihre

Zähne abzuklopfen. Seinen Handgriffen war die Routine unzähliger Jahre anzumerken. Auch wenn Leona es selbst kaum glauben konnte, fing sie an, sich in seiner Gegenwart in der Praxis wohlzufühlen. Etwas ging von ihm aus, dem sie sich nur schwer entziehen konnte. Sein orientalisches Aussehen gefiel ihr und auch seine muskulösen Arme, die sich unter dem weißen Kittel abzeichneten. Wie es sich wohl anfühlen mochte, von ihm im Arm gehalten zu werden?

Sie hatte den Gedanken noch nicht zu Ende gedacht, als sie spürte, wie ihre Wangen heiß wurden, diesmal vor Scham. Was war nur in sie gefahren? Leona wusste es nicht. Sie wusste nur, dass sie nie mehr solche Gefühle für einen Mann hatte haben wollen. Vollkommen unvorbereitet hatten sie sie übermannt, und das in einer Situation, in der ihr Leben praktisch kopfstand. In der die kleinste Erschütterung ausreichte, um sie aus der Bahn zu werfen. Leona konnte es sich einfach nicht erklären. Als ihre Blicke sich wie zufällig begegneten, spürte sie, wie etwas in ihr aus dem Lot geriet. Der Moment währte nur ein, zwei Herzschläge. So lang, bis Bissati sie in geschäftsmäßigem Ton bat, den Mund weiter zu öffnen. Dann war er vorbei. Der Anblick des Bohrers katapultierte Leona blitzartig in die Realität zurück und rief ihr ins Gedächtnis, in welcher Situation sie sich befand. Sie saß auf einem Zahnarztstuhl und warf ihrem Zahnarzt vielsagende Blicke zu. Blieb nur zu hoffen, dass ihr Gegenüber nichts von ihren romantischen Anwandlungen mitbekommen hatte.

Als hätte Bissati ihre Gedanken erraten, hielt er mitten in seiner Bewegung inne und zwinkerte ihr aufmunternd zu. »Keine Sorge, Sie haben es gleich überstanden.«

Leona schloss die Augen und versuchte sich zu entspannen. Was bei dem durchdringenden Geräusch des Bohrers alles andere als einfach war. Erstaunlicherweise verspürte sie keinerlei Schmerzen. Stattdessen ließ der Druck endlich nach. Wie es aussah, war sie noch einmal mit einem blauen Auge davongekommen. Und das gleich in doppelter Hinsicht.

»Und, besser?«, erkundigte sich der Arzt.

»Viel besser!« Das klang erleichtert.

»Gut, dann würde ich Sie bitten, morgen wiederzukommen und bis dahin die Wange zu kühlen.«

In der darauffolgenden Nacht schlief Leona das erste Mal seit langer Zeit wieder einmal durch. Dementsprechend ausgeruht fühlte sie sich, als sie am nächsten Morgen zu Doktor Bissatis Praxis aufbrach. Während sie erneut auf seinem Stuhl Platz nahm, tat ihr Herz ein paar unvernünftig heftige Schläge. Ohne zu ahnen, welche Gefühle seine bloße Gegenwart in ihr auslöste, erkundigte Bissati sich nach ihrem Befinden. Nachdem er sich davon überzeugt hatte, dass die Schwellung zurückgegangen war, ließ er eine Röntgenaufnahme anfertigen. Deren Auswertung bestätigte seine Vermutung: Um den Zahn zu erhalten, musste Leona sich einer Wurzelbehandlung unterziehen. Was bedeutete, dass sie sich noch öfter sehen würden.

2. KAPITEL

Pünktlich zu Beginn der großen Ferien legte der Sommer eine Pause ein. Nach zwei Wochen, in denen das Quecksilber auf über 30 Grad geklettert war und der Insel einen zusätzlichen Urlauberansturm beschert hatte, zeigte sich der Himmel an diesem Montagmorgen wolkenverhangen und grau. Das richtige Wetter für die Urlauber, um dem Ozeaneum in Stralsund einen Besuch abzustatten oder die Insel mit dem Auto zu erkunden. Sicher würde es bald kein Durchkommen mehr auf den schon jetzt kurz vor einem Verkehrsinfarkt stehenden Straßen geben.

Es war zehn vor acht, als Heintje Gutmann sein Taxi vor dem Binzer Bahnhofsgebäude zum Stehen brachte. Nieselregen ließ den Tag noch trüber erscheinen. Der mürrische Zug, der seit Tagen um seinen Mund lag, vertiefte sich. Dabei war es weniger das Wetter, das ihm zu schaffen machte. Reiß dich zusammen, ermahnte er sich. Man musste ihm seine schlechte Stimmung ja nicht vom Gesicht ablesen können. Das würde seine Probleme nicht lösen. Zudem war es schlecht fürs Geschäft, das auch schon bessere Zeiten gesehen hatte.

Der erste Fahrgast an diesem Morgen war eine ältere Dame, die nach Thiessow gefahren werden wollte. Der

Anzahl ihrer Koffer nach zu urteilen, hatte sie einen längeren Inselaufenthalt geplant.

Der eine kommt, der andere geht, schoss es Heintje durch den Kopf, als er die Kofferraumklappe öffnete. So war das Leben. Erst gestern hatte er einen Stammgast nach Rostock zum Flughafen gefahren: eine ältere Frau aus Lobbe, die ihn seit Jahren für diese Tour buchte. Sie verbrachte den Sommer bei ihrer Tochter im Ausland, um dem Urlauberansturm zu entgehen. Heintje wusste, dass sie erst im Herbst zurückkommen würde. Dann, wenn die letzten Feriengäste die Insel verlassen hatten und wieder Ruhe eingekehrt war.

Sobald er das Gepäck seines Fahrgastes verstaut hatte, nahm er hinter dem Lenkrad Platz und fuhr los. Während er sein Taxi durch Binz steuerte, versuchte er, ein Gespräch in Gang zu bringen. Normalerweise fiel es ihm nicht schwer, mit seinen Fahrgästen zu plaudern. Doch heute wollte es ihm einfach nicht gelingen, sich zu konzentrieren. Worüber hätte er auch reden sollen. Etwa über das Wetter und damit über den Regen, der inzwischen eingesetzt hatte?

Als er seinen Fahrgast abgesetzt hatte, war es kurz nach neun. Zeit, um sich auf den Weg zu seinem nächsten Termin zu machen. Er musste zwar erst in einer Dreiviertelstunde in Binz sein. Doch Heintje ging gern auf Nummer sicher. Erst recht an Regentagen wie diesem. Er hatte den Gedanken noch nicht zu Ende gedacht, als er die Bremslichter des vor ihm fahrenden Audis aufleuchten sah. Soweit das Auge reichte, reihte sich Stoßstange an Stoßstange. Heintje schaltete in den zweiten Gang herunter. Inzwischen befand er sich auf Höhe des Windschöpfwerks Adler, eines denkmalgeschützten Windrads. Als kurz darauf die ersten Häuser von Middelhagen in Sicht kamen, ging ein heftiger Regenschauer über der Insel nieder. Während die Scheibenwischer seines Wagens gegen die Wassermassen ankämpften, tat sich vor ihm ein Waldstück auf, dessen Straße von trichterförmigen Erdhängen begrenzt wurde und in den zwischen Göhren und Baabe gelegenen Kreisverkehr mündete.

Kurz nachdem Heintje sich in die nach Sellin führende Hauptstraße eingefädelt hatte, ging gar nichts mehr. Inzwischen war es 9.21 Uhr. Genervt verdrehte er die Augen. Das konnte heiter werden. Während der Motor seines Autos lustlos vor sich hin tuckerte, drang aus der Ferne ein schriller Pfeifton an sein Ohr. Gleich darauf sah er den Rasenden Roland, Deutschlands älteste Schmalspurbahn, in Rauchschwaden gehüllt herannahen. Auf Höhe des ehemaligen Haltepunktes Philippshagen winkte ihm ein kleiner Junge aus einem der überfüllten Waggons zu.

Automatisch hob Heintje die Hand, um den Gruß zu erwidern. Lokführer müsste man sein, dachte er. Dann würde er jetzt nicht im Stau stecken, sondern könnte ungehindert mit der Bäderbahn über die Insel düsen. Wobei »düsen« angesichts der Höchstgeschwindigkeit von gerade einmal 30 Kilometern pro Stunde kaum der richtige Ausdruck war. Aber egal, er käme wenigstens voran. Der nächste Halt der Bahn war, wie Heintje wusste, Göhren, von wo aus es im Zweistundentakt über Baabe, Sellin und Binz nach Putbus ging und von dort aus weiter nach Lauterbach. Wer wollte, konnte unterwegs einen Abstecher nach Granitz machen. Heintjes Gesicht nahm einen verträumten Ausdruck an, als er an die Aussicht dachte, die sich ihm bei seinem letzten Besuch vom Turm des Jagdschlosses aus geboten hatte. Man konnte den Faden natürlich auch noch weiterspinnen und die Zugfahrt mit einer Schifffahrt kombinieren. Heintjes Gedanken eilten zur Mole nach Lauterbach, wo täglich ein Fahrgastschiff zur Insel Vilm ablegte. Der einzige Wermutstropfen bestand darin, dass die Führung über die unter Naturschutz stehende Insel, die zu DDR-Zeiten ranghohen SED-Funktionären und deren Familienangehörigen als Urlaubsdomizil gedient hatte, auf maximal 30 Personen pro Tag begrenzt war. Zählte man zu den Glücklichen, wurde man neben wunderschönen Fotomotiven mit einer Vielfalt der verschiedensten Pflanzen- und Tierarten belohnt. Darunter etliche bizarr geformte Bäume, die schon zahlreichen Malern als Motiv dienten, wie zum Beispiel Carl Gustav Carus in seinem bekannten Gemälde »Eichen am Meer«. Heintje liebte diesen Anblick und kam immer wieder hierher. Im Anschluss machte er jedes Mal einen Abstecher zu Kapitän Nemos Nautilus, einem Restaurant in Neukamp. Heintje lief das Wasser im Mund zusammen, als er an die in Dillrahmsoße angerichteten Lachsstreifen dachte, die man ihm dort an seinem letzten Geburtstag auf gebutterten Bandnudeln serviert hatte. Während er sich in Erinnerung daran genießerisch mit der Zunge über die Lippen leckte, verspürte er ein Kribbeln, das sich vom Magen aus über den gesamten Körper zu verteilen schien. Heintjes Herz hämmerte so heftig, dass er glaubte, es wolle ihm die Brust sprengen. Sein Atem ging schnell und flach. Von einer blitzartigen Übelkeit befallen, rang er gierig nach Luft. Sauerstoff, er brauchte Sauerstoff. Schweiß trat ihm aus allen Poren und sein Blick verschleierte sich. Während draußen der Regen unvermindert gegen die Windschutzscheibe trommelte, machte sich nackte Panik in ihm breit. Er wollte um Hilfe rufen. Doch über seine Lippen kam bloß ein kehliges Krächzen. Wie von einem Fieber geschüttelt, begannen seine Arme und Beine unkontrolliert zu zittern. Heintje bäumte sich auf. Es war ein letzter verzweifelter Versuch, seine Lunge mit Sauerstoff zu füllen. Dann schwanden ihm die Sinne und er brach über dem Lenkrad zusammen.

Der Notruf ging um 9.43 Uhr ein. Obwohl bis zum Eintreffen des Rettungswagens nur wenige Minuten verstrichen, kam für Heintje Gutmann jede Hilfe zu spät. Dem Notarzt blieb nur noch, den Totenschein auszustellen und die Polizei über das Vorliegen einer unklaren Todesursache zu informieren. Schließlich ging es um die Frage, ob Fremdverschulden den Tod bewirkt haben konnte oder nicht. Was wiederum den Staatsanwalt und die Rechtsmedizin auf den Plan rief.

3. KAPITEL

Leona hätte die vor ihr liegende Strecke mit verbundenen Augen zurücklegen können, so vertraut war sie ihr inzwischen. Erst Sellin, dann Baabe, danach die lange Gerade bis zum Kreisverkehr. Noch ein paar Kilometer und sie wäre zu Hause. Nur, dass zuvor noch ein Einsatz auf sie wartete. Ein ungeklärter Todesfall mit verdächtiger Auffindesituation, hatte es am Telefon geheißen. So dicht, wie der Verkehr mittlerweile war, konnte es nicht mehr weit sein. In der Ferne aufflackerndes Blaulicht bestätigte ihre Vermutung. Die Polizei hatte eine schmale Rettungsgasse gebildet, gerade breit genug, um ungehindert durchzukommen. Leona fuhr bis an den mit rot-weißem Flatterband abgesperrten Bereich heran.

Als sie ausstieg, kam ihr Peer Boström, seit Jahren ein guter Freund und gleichzeitig der in dem Fall ermittelnde Kriminalkommissar, mit aufgespanntem Regenschirm entgegen. Seine Miene verriet Verwunderung und eine Spur von Befangenheit. Auch wenn er versuchte, sich nichts davon anmerken zu lassen. »Schön, dich zu sehen«, begrüßte er sie mit einem zaghaften Lächeln. »Ich wusste gar nicht, dass du schon wieder im Dienst bist.«

Während Leona sich zu ihm unter den Schirm flüchtete, warf er einen verstohlenen Blick auf ihren Knöchel. Anscheinend hatte die Sprunggelenkfraktur keine dauerhaften Schäden hinterlassen.

»Ich denke, die Zeit war reif«, erwiderte Leona. »Das Leben muss schließlich weitergehen.«

Für einen Moment standen sie so dicht beieinander, dass Peer dem Impuls widerstehen musste, sie in seine Arme zu schließen. Allein die Vorstellung verursachte einen wohligen Schauer. Dabei wusste er genau, wie gefährlich es war, mit dem Feuer zu spielen. Noch einmal würde er bestimmt nicht so glimpflich davonkommen wie damals in jener Finnhütte, in die dieser Wahnsinnige Leona verschleppt hatte. In seiner grenzenlosen Erleichterung darüber, dass sie noch am Leben war, hatte Peer einen unverzeihlichen Fehler begangen. Und obwohl Leona weder ihm gegenüber noch gegenüber seiner Freundin Marlies je ein Wort darüber verloren hatte, ahnte er, dass sie genau wusste, was er für sie empfand.

Mit einem verhaltenen Seufzer zwang Peer seine Gedanken in die Gegenwart zurück. Und damit zum Grund für ihr Hiersein. Er warf Leona einen besorgten Blick zu. Sie sah schmal und blass aus. Gezeichnet von dem auf sie verübten Anschlag. Peer hätte ihr gerne etwas Aufmunterndes gesagt, doch noch bevor er etwas äußern konnte, wechselte Leona das Thema: »Na dann mal los. Wo ist die Leiche?«

»Gleich um die Ecke.« Peer wies auf ein nur wenige Meter entfernt stehendes Taxi. Während er ihr eine Zusammenfassung gab, holte Leona ihren Einsatzkoffer aus dem Auto und folgte ihm durch den nunmehr nur noch leichten Nieselregen. Der Tote befand sich unter einer Einmaldecke aus dem Rettungswagen, über die sich ein provisorischer Regenschutz spannte. Um Schaulustige fernzuhalten, hatte man den Bereich abgesperrt und einen Sichtschutz errichtet. Nachdem Leona sich kurz mit dem diensthabenden Notarzt ausgetauscht hatte, ging sie neben dem Toten in die Hocke und schlug die Decke zurück. Das Erste, was ihr an dem Leichnam auffiel, war sein knallrot angelaufenes Gesicht. Sofort begannen in ihrem Kopf die Alarmglocken zu schrillen. Könnte sich um eine Vergiftung durch Kohlenmonoxid oder Zyanid handeln, notierte sie sich in Gedanken, bevor sie dazu überging, ihre Eindrücke mit der Kamera festzuhalten. Der Tote war circa 50 Jahre alt. Die von der Polizei im Handschuhfach des Taxis sichergestellten Papiere wiesen ihn als Heintje Gutmann aus, wohnhaft in Altensien. Leona registrierte, dass der Mann sportlich durchtrainiert und gepflegt wirkte. Er war mit Jeans und einem über der Brust aufgeschnittenen Poloshirt bekleidet und lag auf dem Rücken. In genau der Position, in der ihn die beiden Rettungssanitäter nach erfolgloser Wiederbelebung zurückgelassen hatten. Sein Mund stand offen, der Unterkiefer war in Richtung Brust abgesackt. Die Farbe seiner Mundschleimhaut erinnerte Leona an reife Kirschen. Er schien keine Verletzungen zu haben. Nachdenklich betrachtete Leona seine Augen. Sie hatten einen starren Blick und unnatürlich große Pupillen, wiesen jedoch keine Einblutungen auf, die auf ein Gewaltverbrechen hätten hinweisen können. In seinem Gesicht und am Hals hatten sich kirschrote Totenflecken gebildet, deren Lage und Ausprägung der Auffindesituation entsprachen, wie sie von den Rettungssanitätern geschildert worden war. Zeugenaussagen zufolge war Heintje Gutmann plötzlich über dem Steuer zusammengesackt. Lange konnte er so nicht gelegen haben. Sonst wären die Totenflecken in seinem Gesicht durch das Lenkrad ausgeprägter. Leona ging davon aus, dass sie dort allmählich verschwinden und neue an den rückwärtigen Körperpartien auftauchen würden. Einem Impuls folgend beugte sie sich über den Mund des Toten und sog schnuppernd die Luft ein. Sie nahm jedoch nur eine säuerliche Ausdünstung wahr.

»Kannst du schon etwas sagen?«, erkundigte sich Peer, der von Leona unbemerkt hinter sie getreten war.

»Dazu ist es noch zu früh«, sagte sie und vertröstete ihn auf die für den Nachmittag anberaumte Obduktion. Sie gab dem Bestatter ein Zeichen, der schon auf seinen Einsatz wartete.

Stunden später fuhren Leona und Peer nach Greifswald in die Rechtsmedizin, wohin Gutmanns Leiche zwischenzeitlich überstellt worden war. Als sie zusammen mit dem zuständigen Staatsanwalt, Jens Graf, den Obduktionssaal betraten, war Kai Mertens, Leonas Sektionsassistent, gerade dabei, den Leichnam vorzubereiten. Obwohl er im nächsten Monat 32 wurde, wirkte er wie ein Student aus dem ersten Semester. Ein schlaksiger junger Mann mit Rastalocken und Nickelbrille. Doch Leona hatte schnell erkannt, dass man gut daran tat, sich nicht von seinem Äußeren täuschen zu lassen. Sie begrüßten einander kurz.

Leona, die ihre Alltagskleidung inzwischen gegen einen grünen Kittel mit Gummischürze und eine Plastikhaube für ihre Haare eingetauscht hatte, ließ ihren Blick über den auf dem Autopsietisch liegenden Mann gleiten. Das blendend weiße Licht verlieh ihm ein gespenstisches Aussehen. Ein Eindruck, der durch die kirschroten Totenflecke verstärkt wurde. »Lässt sich schon sagen, woran er gestorben ist?«, erkundigte der Staatsanwalt sich, der ihrem Blick gefolgt war.

»Klarer Fall von Zyanidvergiftung«, kam Kai Mertens ihr zuvor. Die Worte waren ihm so selbstverständlich über die Lippen gekommen, dass es Leona für einen Moment die Sprache verschlug. Sie war zwar einiges von ihrem Sektionsassistenten gewöhnt. Doch dass er sich so weit aus dem Fenster lehnte, hatte sie bis jetzt noch nie erlebt. Noch dazu vor versammelter Mannschaft.

»Wenn das so ist, können wir ja auf die Obduktion verzichten.« Leonas sarkastischer Ton schien seinen Zweck nicht zu verfehlen.

»Tut mir leid. Ich wollte nicht ...«

»Ihre Entschuldigung können Sie sich sparen«, fiel Leona ihm ungewohnt heftig ins Wort. »Wenn Sie jetzt bitte an Ihren Platz gehen würden, damit wir anfangen können.«

Obwohl ihr Tonfall klarstellte, dass es besser war, ihrer Aufforderung nachzukommen, rührte Kai Mertens sich nicht vom Fleck. »Wollen Sie denn gar nicht wissen, wie ich darauf gekommen bin?«, beharrte er trotzig.

Bevor Leona etwas erwidern konnte, hörte sie ihn sagen, er habe es gerochen. Das musste sie erst mal verdauen. Was, wenn er recht hatte? Sie hatte ja selbst auf eine Zyanidvergiftung getippt. Verunsichert beugte sie sich über das Gesicht des Toten und sog noch einmal schnuppernd die Luft ein. Doch da war nichts. Nicht einmal ein Hauch von Bittermandel. »Also ich kann nichts riechen«, entgegnete sie.

Ihre Worte ließen Kai Mertens hinter seiner Nickelbrille erröten. »Keine Sorge, das ist genetisch bedingt.«

Leonas grüne Augen sprühten vernichtende Blitze. »Was soll das heißen?«

»Dass nur etwa 30 bis 40 Prozent der Bevölkerung den für Blausäure, und damit auch für Zyanid, typischen Bittermandelgeruch wahrnehmen kann.« Kai Mertens trat einen Schritt beiseite. »Die Herren können sich gerne davon überzeugen.«

»Nicht nötig«, wiegelte Peer ab, um die fast greifbare Spannung, die sich in dem Raum ausgebreitet hatte, nicht noch zu verstärken.

»Wir glauben Ihnen auch so«, pflichtete ihm der Staatsanwalt bei. »Wenn wir jetzt endlich beginnen könnten«, fügte er mit Blick auf die über der Tür hängende Uhr hinzu.

Man konnte Leona ansehen, wie peinlich ihr die Situation war. Was musste der Staatsanwalt von ihr denken? Dass ihr nicht einmal die einfachsten Zusammenhänge bekannt waren? Dabei hatte sie während ihres Studiums durchaus von diesem Geruchsphänomen gehört. Theoretisch zumindest. Nur war ihr in der Praxis bislang noch kein Fall untergekommen, an dem sie ihr Wissen hätte austesten können. Aber vielleicht würde sich das mit dem heutigen Tag ja ändern. Einmal war schließlich immer das erste Mal.

Leona hob die Hand, um das über dem Sektionstisch angebrachte Diktiergerät einzuschalten. Während sie sich über Geschlecht, Alter und Gewicht ausließ, nahm sie sich vor, ein ernstes Wort mit ihrem Assistenten zu reden. Was er gesagt hatte, klang zwar einleuchtend, gab ihm aber noch lange nicht das Recht, sie vor versammelter Mannschaft bloßzustellen.

Nachdem Leona sich einen allgemeinen Eindruck vom äußeren Zustand der Leiche verschafft hatte, wandte sie sich dem Kopf des Toten zu. Er hatte für sein Alter erstaunlich dichtes braunes Haar, das an den Schläfen ergraut war. Sie betrachtete sein Gesicht. Es war schmal, fast schon hager. Ein Eindruck, der durch die Hakennase verstärkt wurde. Leonas Hände wanderten zur Nasenwurzel des Toten. Schädel- und Nasenknochen wiesen keine Auffälligkeiten auf. Die Augen waren ohne Einblutungen. Aber davon hatte sie sich ja bereits überzeugt.

Peer, der von Leona unbemerkt neben sie getreten war, sah gespannt zu, wie sie den Mundraum inspizierte, die Beschaffenheit der Zähne beurteilte und sie auf Fremdkörper untersuchte. Eine am rechten Oberkiefer befestigte Brücke erweckte ihre Aufmerksamkeit. »Ich brauche mehr Licht.« Sie hatte den Satz kaum ausgesprochen, als Kai Mertens schon nach der über dem Tisch hängenden Lampe griff und sie über dem Kopf des Toten ausrichtete. Kurz darauf hielt Leona die Brücke in ihren Händen. »Da soll mich doch …«, stieß sie überrascht hervor.

Peer musterte sie fragend. »Was ist los?«

Auf Leonas Stirn hatte sich eine steile Falte gebildet.

»Siehst du den Zahn hier?« Sie deutete auf das darin klaffende Loch.

Peer beugte sich nach vorn, um besser sehen zu können. »Was ist damit?«

»Das werden wir gleich wissen«, sagte Leona und reichte die Brücke an ihren Assistenten weiter. »Ich brauche einen Abstrich.«

»Wozu?«, warf Peer ein.

Sein drängender Tonfall veranlasste Leona, ihm ihre Vermutung mitzuteilen. »Das Loch ist groß genug, um eine für einen Menschen tödliche Zyaniddosis darin zu deponieren.«

Ihre Antwort ließ Peer nach Luft schnappen.

»Aber wie …?«, mischte sich nun der Staatsanwalt ein.

»Verstehen Sie mich bitte nicht falsch«, relativierte Leona ihre Worte. »Bislang sind das reine Spekulationen. Wir müssen erst den Laborbericht abwarten. Die Frage ist auch, wie es möglich ist, jemandem eine solche Menge Zyanid unbemerkt zu verabreichen.« Ihr Gesicht nahm einen nachdenklichen Ausdruck an. »Vielleicht war das Gift ja in dem Zahn deponiert und dieser mit einer provisorischen Füllung verschlossen worden, die sich mit der Zeit abrieb. Es wäre dann nur eine Frage der Zeit, bis das Gift seine Wirkung entfaltet.«

Leona dachte an ihre Wurzelbehandlung, bei der auch eine provisorische Füllung zum Einsatz gekommen war. Sie sah zu Kai Mertens hinüber. »Würden Sie bitte das Labor darüber informieren, damit sie die entsprechenden Tests vornehmen?« Sollte sich ihr Verdacht bewahrheiten, wären an der Brücke nicht nur Zyanidanhaftungen nachweisbar, sondern auch Reste von Füllmaterial.

»Könnte unser Mann das tödliche Gift auch auf anderem Weg aufgenommen haben?«, erkundigte sich der Staatsanwalt.

Leona dachte nach. »Er könnte es eingeatmet haben«, begann sie zögerlich, »was ich im vorliegenden Fall jedoch ausschließe, oder er könnte eine Zyanidkapsel geschluckt haben. Wie sich inzwischen herumgesprochen haben dürfte, ist Zyanid extrem giftig. So giftig«, betonte Leona, »dass schon ein bis zwei Milligramm pro Kilogramm Körpergewicht tödlich wirken. Was im Übrigen einer Menge von 60 bis 80 Bittermandeln entspricht. Bei Kindern ist das Verhältnis noch krasser. Da reichen schon zehn Bittermandeln.«

Leona hatte erst kürzlich einen Bericht gelesen, in dem es um die Begleitumstände von Hitlers Selbstmord ging. Tatsache war, dass Blausäure beziehungsweise ihre Salze, die Zyanide, sehr schnell zum Tod führten. Ein Tod, der mit innerem Ersticken, Krämpfen und Atemstillstand einherging. In dem Artikel war darüber spekuliert worden, ob Hitler nach dem Zerbeißen einer Zyanidkapsel noch in der Lage gewesen war, den Abzug einer Pistole zu betätigen und sich in den Schläfenlappen zu schießen.

»Mehr Möglichkeiten gibt es nicht?«, riss sie die Stimme des Staatsanwaltes aus ihren Überlegungen.

Leona hatte ihn nie zuvor so blass gesehen. Das Thema schien ihm an die Nieren zu gehen. »Er könnte es auch über die Haut aufgenommen haben.« Es trat eine unangenehme Pause ein.

»Über die Haut?«, vergewisserte Graf sich mit belegter Stimme.

Leona nickte bedächtig. »Blausäure ist wegen ihres niedrigen Siedepunktes vor allem in flüssiger Form gefährlich«, sagte sie und rief sich ins Gedächtnis, was sie sonst noch über dieses Gift wusste. Inhalierte man Blausäure oder nahm sie in flüssiger Form zu sich, trat sofortige Bewusstlosigkeit und innerhalb von zwei bis drei Atemzügen der Tod ein. Wenn Gutmann das Zyanid auf die von ihr vermutete Weise beigebracht worden war, würde man das an der Farbe der Magenschleimhaut erkennen.

»Kann ich die Leiche jetzt entkleiden?«, fragte Kai Mertens.

Leona nickte.

Die Vorschrift verlangte, jedes Kleidungsstück samt der darin enthaltenen Gegenstände zu dokumentieren und in einer Beweismitteltüte zu verwahren. Im Laufe der Jahre hatte Leona dabei die seltsamsten Funde gemacht. Von Mottenkugeln bis hin zu Abschiedsbriefen war so ziemlich alles dabei gewesen. Diesmal war es nur ein einzelner unscheinbarer Schlüssel, der beim Abtasten der Hosentaschen zum Vorschein kam und auf dem noch zu erfassenden Kleiderstapel landete.

Sobald der Leichnam entkleidet war, öffnete Leona den Kopfraum. Dazu vollführte sie mit dem Skalpell einen bogenförmigen Schnitt an der Innenseite der Kopfschwarte. Kurz darauf kam die Knochensäge zum Einsatz. Leona arbeitete schnell und konzentriert. Anschließend wandte sie sich dem restlichen Körper zu, entnahm Organproben und hielt ihre Eindrücke und Befunde mit dem Diktiergerät fest. Eindrücke, die sich mit der eingangs von ihrem Assistenten vermuteten Zyanidvergiftung deckten. Die entsprechende Laboruntersuchung schien nur mehr zur Bestätigung dieser Theorie zu dienen.

4. KAPITEL

Als Leona das altehrwürdige Gebäude der Rechtsmedizin verließ, läuteten die Glocken des nahe gelegenen Doms. 18 Uhr, Feierabend, doch ihre Gedanken kreisten weiterhin um die Leiche, die heute auf ihrem Tisch gelandet war. Dabei hatte sie im Laufe der Jahre weitaus Schlimmeres gesehen: Menschen, die nach einem Sturz aus großer Höhe mühevoll vom Gehsteig entfernt werden mussten, die im Feuer verbrannt oder erstochen worden waren. Manchmal auch beides wie im Fall ihres erst kürzlich ermordeten Nachbarn Enoch Zwill. Mit Ausnahme von toten Kindern, die sie jedes Mal aus der Fassung brachten, glich eine Leiche der anderen. Sie stellten für sie stumme Zeugen dar, die es zu untersuchen und zu katalogisieren galt. Würde sie sie jemals anders betrachten, würde sie damit nur Albträumen Tür und Tor öffnen. Trotzdem gelang es ihr einfach nicht abzuschalten. Irgendetwas beschäftigte ihr Unterbewusstsein. Vielleicht war sie bloß überreizt, sah Gespenster, wo es gar keine gab. Das würde auch erklären, warum sie in letzter Zeit so dünnhäutig war. Sie brauchte nur an Kai Mertens zu denken und an ihre scharfe Reaktion auf seine Worte. Dabei hatte er ihr weder schaden noch ihre Kompetenz infrage stellen wollen. Er hatte nur seine Meinung kundgetan. Konnte sie ihm daraus wirklich einen Vorwurf machen?

Inzwischen hatte Leona das Klinikgelände, auf dem sich die Rechtsmedizin befand, zu Fuß verlassen und war in die Friedrich-Loeffler-Straße eingebogen. Es wehte ein kühler Wind. Von einem leichten Frösteln ergriffen, zog sie die Jacke über der Brust zusammen. Der Regen hatte für Abkühlung gesorgt. Einem Fahrradfahrer ausweichend überquerte sie die Straße. Leona hatte noch nie in einer Stadt gelebt, in der so viele davon unterwegs waren wie in Greifswald. Was zum einen dem begrenzten Parkraum, zum anderen den rund 12.000 Studenten geschuldet war. Von ihren Kollegen war Leona die Einzige, die nicht mit dem Rad fuhr. Dabei hätte sie bloß Hennings alten Drahtesel, den er ihr mitsamt seines Hauses vererbt hatte, ins Auto packen und nach Greifswald mitnehmen müssen. Bewegung an frischer Luft war für Leona das beste Mittel, den Kopf freizubekommen. Gerade an einem Tag wie heute hätte sie sich gerne in den Sattel geschwungen, um nach Dienstschluss eine Runde zu drehen. Vor den Toren der Stadt gab es jede Menge lohnenswerter Ausflugsziele. Eins, wohin es sie besonders häufig zog, war die Klosterruine Eldena. Die weitläufige Parkanlage, in deren unmittelbarer Nähe sich auch das Fischerdorf Wieck und das Strandbad Eldena befanden, war für Leona zu einem Ort der Entspannung geworden. Ein Ort, an dem sie ihren Gedanken freien Lauf lassen konnte. Und der trotz seiner unmittelbaren Nähe zu Greifswald eine wohltuende Ruhe ausstrahlte. Bisher war Leona immer mit dem Bus hingefahren. Das bot sich an, da die Haltestelle gleich um die Ecke von ihrer Unterkunft lag. Mit der Linie zwei benötigte man gerade einmal eine Viertelstunde bis zur Mühle in Eldena. Schneller wäre sie mit dem Rad zwar auch nicht, dafür jedoch wesentlich entspannter, und sie hätte gleichzeitig etwas für ihre Fitness getan.

Mittlerweile hatte sie die Brüggstraße erreicht. Nur noch wenige Meter und sie wäre zu Hause. Wobei zu Hause kaum die richtige Bezeichnung für das von ihr angemietete Zimmer war. Es lag gegenüber der Marienkirche und diente ihr lediglich als Schlafplatz, um nicht jeden Tag von Lobbe nach Greifswald pendeln zu müssen. Einmal hin und zurück bedeuteten an die drei Stunden Fahrzeit. Und das auch nur, wenn kein Stau dazwischenkam. Am Ende hatte die günstige Lage des Zimmers den Ausschlag gegeben. Es war mit einer kleinen Küchenzeile und einer winzigen Nasszelle ausgestattet und lag nur wenige Gehminuten von der Rechtsmedizin, der Innenstadt mit ihrem malerischen Marktplatz und dem Museumshafen entfernt. Während Leona ihren Schlüsselbund hervorkramte, fasste sie einen Entschluss: Sie würde heute noch nach Lobbe fahren. Dann könnte sie gleich morgen früh damit beginnen, Hennings alten Drahtesel auf Vordermann zu bringen. Ein Blick in Richtung Himmel bestärkte sie in diesem Vorhaben. Es hatte aufgeklart. Leona ging nach oben, um ihre Tasche zu packen.

Eine halbe Stunde später befand sie sich bereits auf der Heimfahrt. Während sie mit einem Ohr der Musik aus dem Radio lauschte, schmiedete sie in Gedanken Pläne für die nächsten beiden Tage, die ihr nach mehreren aufeinanderfolgenden Bereitschaftsdiensten zur freien Verfügung standen.

Nachdem sie in Stralsund über den alten Rügendamm auf die Insel gelangt war, kam auch hier für einen kurzen Moment die Sonne zum Vorschein und tauchte die Landschaft in ein magisches Licht. Es ließ das satte Grün der Wiesen und die von Korn- und Mohnblumen gesäumten Felder wie auf einem Werbeplakat erstrahlen und erinnerte Leona an längst vergangene Zeiten: an einen Sonntagsausflug mit den Eltern. Leona konnte spüren, wie sich ein tiefer Frieden in ihr breitmachte. Sie hätte ewig so weiterfahren können.

Die Verkehrssituation hatte sich inzwischen entspannt und sie kam zügig voran. Dabei hatte sie nicht die geringste Eile. Es gab niemanden, der zu Hause auf sie wartete. Im Laufe der Jahre hatte Leona sich ans Alleinsein gewöhnt. Es war ihr ja nichts anderes übrig geblieben. Wobei dieser Zustand auch sein Gutes hatte. Erst recht an Tagen wie diesem.

In Lobbe angekommen, zeigte ihr ein Blick in den Kühlschrank, dass sie unbedingt einkaufen musste. Bis auf ein paar Eier und einen Tetrapak Milch herrschte gähnende Leere. Nachdem Leona sich aus den spärlichen Zutaten ein Omelett zubereitet und es mit einem Glas Wein hinuntergespült hatte, ging sie früh zu Bett und fiel in einen unruhigen Schlaf, aus dem sie mehrmals schweißgebadet aufschreckte.

Als sie am nächsten Morgen erwachte, strahlte ihr die Sonne aus einem wolkenlosen Himmel entgegen. Es versprach, ein schöner Tag zu werden. Um ihn nicht ungenutzt verstreichen zu lassen, beschloss Leona, sich gleich nach dem Frühstück um Hennings Fahrrad zu kümmern. Es stand in dem neben dem Haus gelegenen Schuppen und befand sich in einem erstaunlich guten Zustand. Die Reifen hatten durch das lange Stehen lediglich etwas Luft gelassen und mussten aufgepumpt werden und die Kette brauchte etwas Öl. Nachdem Leona eine Proberunde gedreht hatte, brach sie nach Sellin auf, um ihre Lebensmittelvorräte aufzufüllen. Wieder zurück, verstaute sie ihre Einkäufe aus dem Supermarkt und warf schnell noch die Waschmaschine an. Anschließend fuhr sie nach Binz, wo sie auf der Terrasse eines in der Nähe der Seebrücke gelegenen Restaurants ein verspätetes Mittagessen einnahm. An ihrem Platz drang Klaviermusik an ihr Ohr und versetzte sie, zusammen mit dem Eisbecher, den sie sich zum Dessert gönnte, in Urlaubsstimmung. Danach bummelte sie noch ein wenig durch die Geschäfte und kaufte sich ein buntes Sommerkleid, das ihre katzenhaft grünen Augen betonte und perfekt mit ihrem rötlichen Haar harmonierte. Leona hatte sich schon lange nicht mehr so entspannt gefühlt. Was vor allem daran lag, dass sie seit Stunden kein einziges Mal an Olrik Bruhns gedacht hatte. Es schien fast, als hätte er inmitten des bunten Treibens seinen Schrecken verloren. Was natürlich nicht stimmte. Leona wusste genau, dass er jederzeit auftauchen konnte. Und das nicht nur in ihren Albträumen.

Den Heimweg verband sie mit einem Abstecher auf den Friedhof. Jedes Mal, wenn sie vor Hennings Grab stand, befiel sie eine tiefe Traurigkeit. Er fehlte ihr. Mehr, als sie jemals für möglich gehalten hätte.

Nie zuvor hatte Leona sich so einsam und verlassen gefühlt. Für den Bruchteil einer Sekunde sah sie sein Gesicht vor sich und spürte, wie ihr eine Träne über die Wange lief. Leona musste daran denken, wie sie sich kennengelernt hatten. Es war an einem heißen Sommertag gewesen. Ein Tag, dessen Wetter ähnlich dem heutigen gewesen war und der sich mit Sicherheit besser dazu geeignet hätte, ihn am Strand oder in den angenehm kühlen Fluten der Ostsee zu verbringen als in der unterkühlten Atmosphäre eines Leichenschauhauses. Von der Erinnerung übermannt, senkte Leona den Kopf und ließ ihren Gefühlen freien Lauf. Erst Hennings plötzlicher Tod, dann der Anschlag auf ihr Leben. Leona wünschte sich nichts sehnlicher, als endlich zur Ruhe zu kommen. Sie wollte wieder das Gefühl haben, sie selbst zu sein und nicht diese verängstigte Fremde, die sich bei allem, was sie tat, im Weg zu stehen schien, die wie gelähmt war, unfähig, sich aus eigener Kraft aus dem Sumpf ihrer Ängste zu befreien, geschweige denn ihr Leben wieder selbstbestimmt in die Hand zu nehmen. Aufgeschreckt durch ein Geräusch fiel ihr Blick auf ein älteres Ehepaar, das sich an einem der Nachbargräber zu schaffen machte. Mit einer trotzigen Handbewegung wischte Leona sich über ihr tränennasses Gesicht und machte sich auf den Rückweg.

Sie blieb allerdings nicht lange zu Hause, sondern schnappte sich ihre Badesachen, schwang sich aufs Rad und fuhr zum Nordstrand. Sie musste dringend etwas unternehmen, um auf andere Gedanken zu kommen.

Mit jedem Meter, den sie sich schwimmend vom Ufer

entfernte, ließ ihre Anspannung nach. Leona schloss die Augen und ließ sich treiben. Von einer lange nicht mehr verspürten Zuversicht erfasst, versuchte sie sich einzureden, alles werde gut. Man musste nur daran glauben. Wer wusste schon, was das Leben an Überraschungen bereithielt? Sie dachte an Rüdiger und daran, ob es in ihrem Leben jemals wieder einen Mann geben würde, der ihm das Wasser reichen konnte. Leona versuchte, sich sein Bild vor Augen zu rufen. Mit ihm hatte sie alt werden wollen. Doch eine heimtückische Krankheit hatte ihre Pläne zunichtegemacht. Egal womit sie sich in der Folgezeit abzulenken versuchte, Rüdiger war immer präsent. Sein Schatten verfolgte sie auf Schritt und Tritt. Henning war einer der wenigen Menschen gewesen, mit dem sie darüber gesprochen hatte. Allerdings erst, nachdem er ihr von seiner verstorbenen Frau erzählt hatte. Leona hörte ihn sagen, sie sei seine große Liebe gewesen. Dabei hatte in seiner Stimme eine so tiefe Trauer mitgeschwungen, dass sie nicht anders konnte, als ihm gleichfalls ihr Herz auszuschütten. Es hatte gutgetan, sich einem anderen Menschen anzuvertrauen. Jemandem, der ihren Schmerz nachvollziehen konnte. Henning hatte ihr klarzumachen versucht, dass sie einen Schlussstrich unter ihr altes Leben ziehen musste, wenn sie neu anfangen wollte. Leona wusste, dass er recht hatte. Vielleicht sollte sie endlich damit beginnen, seinen Rat zu beherzigen. Sie musste sich ja nicht gleich Hals über Kopf in ein Liebesabenteuer stürzen. Es reichte schon, offen für eine neue Beziehung zu sein. Angebote gab es reichlich. Sie musste nur an Peer denken. Nicht, dass sie jemals darauf zurückkommen würde. Dennoch hatte er ihr das Gefühl gegeben, begehrenswert zu sein. Als hätte dieser Gedanke eine nicht mehr aufzuhaltende Maschinerie in Gang gesetzt, stand ihr plötzlich ein weiteres Gesicht vor Augen. Das Gesicht eines Mannes, dem es mit seiner bloßen Gegenwart gelungen war, längst verloren geglaubte Gefühle in ihr zu entfachen. Leona hatte herausgefunden, dass er Cemal hieß, was übersetzt »der Attraktive« bedeutete. Ihrer Meinung nach hätte es keine treffendere Beschreibung geben können. Dabei war es nicht allein sein Aussehen. Er hatte etwas an sich, dem sie sich schwer entziehen konnte.

Während sie dem Strand entgegenschwamm, streifte ihr Blick die auf einem Hügel liegende Backsteinkirche von Göhren. Augenblicklich eilten ihre Gedanken zum nächsten Tag voraus. Zu dem für den Nachmittag angesetzten Zahnarzttermin. Sofort beschleunigte sich ihr Herzschlag.

Wieder zu Hause, rief sie bei ihrem Friseur an, um einen Termin für den nächsten Morgen zu vereinbaren. Normalerweise verschwendete sie nicht allzu viel Zeit für ihr Äußeres, doch morgen wollte sie besonders hübsch aussehen.

Dass sie sich den Aufwand hätte sparen können, ahnte sie bereits, als sie tags darauf ein Polizeiauto in der Einfahrt vor Doktor Bissatis Praxis stehen sah. Leona versuchte, das mulmige Gefühl zu ignorieren, das sein Anblick in ihr auslöste. Es war wie eine böse Vorahnung, die sich verstärkte, als Peer Boström plötzlich vor ihr stand. Sie musterten einander.

»Was machst du denn hier?«, erkundigte Leona sich angespannt.

»Dasselbe wollte ich dich fragen«, erwiderte Peer. »Scheint ja was Wichtiges zu sein, wenn du dich derart in Schale wirfst«, bemerkte er argwöhnisch. Sein Blick sprach Bände.

Leona errötete. »Ich habe einen Zahnarzttermin«, entgegnete sie kühl und versuchte, sich an ihm vorbeizuschieben.

Doch Peer hielt sie zurück. »Den Weg kannst du dir sparen.«

Leona starrte ihn entgeistert an. »Was soll das heißen?«

»Dass dein Termin hinfällig ist. Doktor Bissati sitzt in Untersuchungshaft.«

Leona glaubte, sich verhört zu haben. »Sag das noch mal«, stieß sie ungläubig hervor.

Peer zuckte bedauernd mit den Schultern. »Tut mir leid. Du wirst dir wohl einen neuen Zahnarzt suchen müssen. Doktor Bissati steht unter Mordverdacht.«

Leona fühlte sich, als hätte man ihr einen Schlag in die Magengrube versetzt. »Unter Mordverdacht?«, wiederholte sie mit brüchiger Stimme. »Ja, aber wie? Ich meine, weshalb?«

Peer musterte sie aufmerksam. Sie wirkte aufgelöst, fuhr sich mit den Fingern durch ihr sorgfältig frisiertes Haar, schob es hinters Ohr und strich es wieder glatt. »Es geht um die Leiche, die vorgestern auf deinem Tisch gelandet ist«, sagte er, nachdem er sich davon überzeugt hatte, dass sie allein waren.

Leona schluckte. Das musste sie erst einmal verdauen. Es war, als hätte man ihr den Boden unter den Füßen weggezogen.

»Wir haben Grund zu der Annahme, dass Bissati ...«, setzte Peer zu einer Erklärung an.

Doch Leona ließ ihn nicht ausreden. »Ausgeschlossen«, unterbrach sie ihn aufrichtig entrüstet. »Ihr müsst euch täuschen.«

»Wir täuschen uns nicht«, widersprach Peer. »Es gibt Beweise. Eindeutige Beweise«, zerstörte er ihre Hoffnung. »Bissati ist, ... war«, verbesserte er sich, »Gutmanns Zahnarzt.«

Bevor Leona etwas darauf erwidern konnte, räumte Peer ein, dass ihn das nicht automatisch zum Mörder machte. Er versuchte, möglichst gleichmütig zu klingen. Doch Leona spürte, dass es da noch mehr gab. Und sie sollte recht behalten.

»Wir haben seine Praxis durchsucht«, fuhr Peer fort. »Das dabei sichergestellte Beweismaterial lässt keinerlei Zweifel daran, dass wir es mit Gutmanns Mörder zu tun haben.«

Leona starrte ihn aus großen Augen an. Aus ihrem Gesicht war sämtliche Farbe gewichen.

»Alles okay?«, erkundigte Peer sich besorgt.

Leona nickte schwach. »Ich kann nur nicht glauben, dass er dazu fähig sein sollte. Ich meine, warum?«

»Du weißt doch, dass ich nicht darüber sprechen darf«, sagte Peer in einem Tonfall, der klarstellte, dass das Thema für ihn beendet war. Sie sahen einander an. »Wenn du willst, kann ich dir die Nummer von meinem Zahnarzt geben«, bot Peer versöhnlich an.

In diesem Moment klingelte sein Handy. Seiner Miene nach zu urteilen, schien es sich um etwas Wichtiges zu handeln. Plötzlich hatte er es eilig. Im Gehen begriffen winkte er Leona zu. Dann war er hinter dem Steuer seines Wagens verschwunden.

Im Nachhinein wusste Leona nicht mehr, wie lange sie reglos auf dem Bürgersteig gestanden hatte. Der Wagen war längst hinter der nächsten Kurve verschwunden, als es ihr endlich gelang, sich aus ihrer Starre zu lösen. Dabei nahm sie im äußersten Winkel ihres Blickfelds eine Bewegung wahr. Als sie sich umdrehte, sah sie sich einer von Bissatis Arzthelferinnen gegenüber. Es war eine ältere Frau mit verweinten Augen. Das an ihrem Kittel befestigte Schild verriet Leona, dass es sich um Schwester Barbara handelte. Als sie Leona gewahrte, glitt ein schwaches Zeichen des Erkennens über ihre Züge.

»Mein Name ist Pirell«, half Leona ihr auf die Sprünge. »Ich hatte für heute einen Termin.«

»Ich weiß. Und ich habe Sie deswegen bereits anzurufen versucht, konnte Sie aber nicht erreichen. Die Praxis ... sie ist vorübergehend geschlossen.« Um Fassung ringend, fuhr Barbara sich mit einem Taschentuch über die Augen.

Rasch trat Leona einen Schritt auf sie zu. »Ich hab schon davon gehört. Die Polizei ...«

Über Barbaras Gesicht glitt ein Schatten. »Sie haben ihn verhaftet. Sind einfach so hereingeplatzt und haben ihn mitgenommen. Statt weiterzureden, zuckte es verräterisch um ihren Mund.

»Kommen Sie«, sagte Leona und legte ihr die Hand auf den Arm. Mit der anderen wies sie auf eine am Ende der Straße gelegene Gaststätte.

Wenig später saßen die beiden Frauen sich bei einer Tasse Kaffee gegenüber. Der Blick, der sich ihnen von ihrem am Fenster gelegenen Tisch aus bot, war fast so beeindruckend wie der von dem unterhalb der Kirche gelegenen Aussichtspunkt, den Leona hin und wieder besuchte. Man konnte bis hinüber zum Hafen von Gager schauen. Auf der gegenüberliegenden Seite erhob sich das Steilufer von Lobbe. Dahinter ragte der Aussichtsturm von Thiessow aus einem Meer von Bäumen. Dazwischen lag inmitten der von Bodden und Meer begrenzten Landzunge der Lobber See. Ein blauer Farbtupfer inmitten von sattgrünen Wiesen.

»Das Ganze muss ein Irrtum sein«, knüpfte Barbara an ihr auf der Straße begonnenes Gespräch an.

Leona nickte. Sie hätte es nur zu gern geglaubt. Doch was, wenn nicht? Was, wenn es stimmte?

Noch während sie darüber nachdachte, setzte ihr Gegenüber zu einer glühenden Verteidigungsrede an. »Er war ein toller Chef, nie ungerecht oder gar launenhaft. Dazu von grenzenloser Hilfsbereitschaft. Ich kenne niemanden, der ihn nicht verehrt hätte.« Sie fuhr sich mit der Hand über die Augen.

Leona nutzte die Unterbrechung, um das Gespräch in die von ihr gewünschte Richtung zu lenken. »Es heißt, er hätte etwas mit dem Tod eines seiner Patienten zu tun. Wissen Sie, was damit gemeint sein könnte?« Sie versuchte, möglichst unbeteiligt zu klingen. Dabei schlug ihr das Herz bis zum Hals.

Barbara senkte den Kopf. Sie schien mit sich zu ringen. Immerhin ging es um vertrauliche Informationen.

Was, wenn sie sich mit der Preisgabe ihres Wissens strafbar machte?

»Keine Sorge, das bleibt unter uns«, versuchte Leona ihr die Bedenken zu nehmen. Ihre Worte schienen Wirkung zu zeigen.

»Erst dachten wir, es geht um einen Behandlungsfehler«, eröffnete ihr Barbara stockend.

»Aber das war nicht das Problem«, ermutigte Leona sie zum Weitersprechen.

»Nein. Es ging der Polizei um eine von unserem Doktor kürzlich eingesetzte Brücke«, konkretisierte sie. »Sie soll ein tödliches Gift enthalten haben.« Barbara schluckte hart. »Ich kann ja verstehen, dass die Polizei jedem Hinweis nachgehen muss. Schließlich war der Tote bei uns in Behandlung. Aber den Doktor deshalb gleich des Mordes zu verdächtigen?« Sie schüttelte den Kopf. »Das ergibt in meinen Augen einfach keinen Sinn. Zumal es genauso gut jemand vom Dentallabor gewesen sein könnte …«

»Vom Dentallabor?«, hakte Leona hoffnungsvoll nach.

»Wo sich die Brücke zur Reparatur befand«, erläuterte Barbara. »Steht alles in unseren Unterlagen. Die Polizei hätte bloß mal einen Blick hineinwerfen müssen.«

Auf Leonas Stirn bildete sich eine steile Falte. »Soll das etwa heißen …?«

»Das soll gar nichts heißen«, stellte Barbara klar. »Ich will damit nur sagen, dass die Polizei die Akten zwar mitgenommen, aber ohne deren Inhalt zu kennen schon weitere Schritte unternommen hat. Es hat sie jedenfalls nicht davon abgehalten, die Praxis zu durchsuchen.« Sie wirkte sehr aufgebracht. »Dabei haben sie Rückstände von Provis entdeckt.«

»Provis?«, wiederholte Leona, der die Bezeichnung nicht das Geringste sagte.

»Das ist eine gebrauchsfertige Paste, die als provisorisches Verschlussmittel für Zähne dient.«

Hinter Leonas Stirn überschlugen sich die Gedanken. Sie musste an die Obduktion zurückdenken. An das mit Kai Mertens geführte Gespräch und den von ihr in Auftrag gegebenen Abstrich. Was, wenn …? »Ich verstehe nur nicht, was daran strafbar sein soll?«, überlegte sie laut.

»Nichts. Außer der Tatsache, dass sich Spuren davon an der Brücke befanden. Und nicht nur dort«, erklärte die Arzthelferin. Sie sprach so leise, dass Leona sich über den Tisch beugen musste, um sie zu verstehen. »Sie wurden auch an einem Spatel und einem Bohrer nachgewiesen. Das Zeug lag in der Mülltonne, zusammen mit …«

»Im Müll?«, fiel Leona ihr entgeistert ins Wort. »Ja, aber das bedeutet doch, dass es jeder x-Beliebige dort deponiert haben könnte.« Ihre Stimme klang alarmierend schrill. Erschrocken sah sie sich um. Lauter bunt gekleidete Urlauber, von denen sie niemand zu beachten schien.

»Wenn es nur so einfach wäre«, meinte Barbara zwischen zwei Schlucken Kaffee. Sie hielt die Tasse so fest mit den Händen umschlungen, dass ihre Fingerknöchel weiß hervortraten. »Die Sachen lagen in der Sondermülltonne. Und die ist mit einem Schloss gesichert, zu dessen Schlüssel wiederum nur das Praxispersonal

Zugang hat«, zerstörte sie Leonas Hoffnung. Dabei stellte sie die Tasse so energisch ab, dass das am Nachbartisch sitzende Ehepaar erschrocken zu ihnen herübersah.

»Ich nehme an, das ist von der Polizei bereits überprüft worden?« Leonas Frage wurde mit einem kaum wahrnehmbaren Kopfnicken beantwortet. Für eine Weile hing jede von ihnen ihren Gedanken nach. Es war Leona, die schließlich das Schweigen brach: »Von wem wird der Sondermüll denn normalerweise entsorgt?«

»Dafür sind wir Arzthelferinnen zuständig.« Barbara unterstrich ihre Worte mit einer ausholenden Handbewegung. »Die Tonne steht im Hinterhof und wird jede zweite Woche geleert.«

Nachdenklich griff Leona nach ihrer Tasse und nippte an dem inzwischen kalt gewordenen Kaffee. »Und was ist mit dem Schloss?«

Sofort schüttelte Barbara den Kopf. »Das war auch mein erster Gedanke.« Sie musste nicht hinzufügen, dass er sich als gegenstandslos herausgestellt hatte.

Leona schloss die Augen, um besser nachdenken zu können. »Was passiert eigentlich mit den vom Dentallabor gelieferten Sachen?«

»Die werden im Steriraum zwischengelagert, in einem eigens dafür vorgesehenen Glasschrank.« Bevor Leona nachhaken konnte, stellte Barbara klar, dass sie und ihre Kolleginnen dazu angehalten waren, sowohl den Schrank als auch die Tür zum Sterilisationsraum unter Verschluss zu halten.

Langsam gingen Leona die Fragen aus. Hinzu kam die nagende Erkenntnis, dass die Brücke nur von einem

Profi bearbeitet worden sein konnte. Von jemandem, der genau wusste, wie und wo er anzusetzen hatte. Jemand wie Doktor Bissati. Je länger Leona darüber nachdachte, desto frustrierter wurde sie. Das Ganze kam ihr wie ein schlechter Traum vor. »Aber weshalb?«, stammelte sie.

Ein hilfloses Schulterzucken war die Antwort. »Wenn ich das nur wüsste.«

Damit war alles gesagt. Leona griff nach ihrer Handtasche, entnahm ihr eine Visitenkarte und schob sie über den Tisch. »Nur für den Fall, dass Ihnen noch etwas einfällt oder Sie mal jemanden zum Reden brauchen.« Sie räusperte sich. »Ich, nun, ich wäre Ihnen dankbar, wenn Sie mich auf dem Laufenden halten könnten.«

Ein Kopfnicken signalisierte, dass ihre Worte angekommen waren. Mehr konnte sie im Moment nicht tun. Leona winkte der Kellnerin, um zu bezahlen.

5. KAPITEL

Auf dem Rückweg zu ihrem Auto musste Leona daran denken, wie verheißungsvoll der Tag begonnen hatte. Niedergeschlagen sah sie an sich hinab. Das bunte Sommerkleid, das sie tags zuvor in Binz erstanden hatte, saß wie angegossen. Der weiche Stoff umschmeichelte ihre weiblichen Rundungen. Doch für Leona hatte es seinen Reiz verloren. Wie sollte sie das Kleid jemals wieder tragen, ohne dabei an den heutigen Tag zurückzudenken? Den Tag, dem sie so hoffnungsvoll entgegengesehen hatte. Plötzlich hatte Leona es eilig heimzukommen. Dorthin, wo keiner sie sehen und sie ihren Gefühlen freien Lauf lassen konnte. Doch als sie das Haus wenig später betrat, war es ihr noch nie so leer erschienen. Die Stille und Abgeschiedenheit, wonach sie sich gerade noch so verzweifelt gesehnt hatte, erschienen ihr mit einem Mal unerträglich. Ihr Blick fiel auf den blinkenden Anrufbeantworter. Leona spürte, wie sie sich verkrampfte. Lass es bitte nicht Bruhns sein, dachte sie beklommen. Aber ihre Sorge war unbegründet. Die Nachricht stammte von Marlies, Peers Freundin: »Ich versuch schon den ganzen Tag, dich zu erreichen. Ruf mich bitte gleich zurück.«

Erleichtert stieß Leona die Luft aus. Dich schickt mir der Himmel, dachte sie und griff nach dem Hörer.

Ihre Freundin nahm nach dem ersten Klingeln ab. »Schön, dass du dich meldest. Ich wollte dich für heute Abend zum Essen einladen. Es gibt etwas zu feiern.« Mehr wollte sie am Telefon nicht verraten. Und mehr war auch nicht nötig, um Leona das Versprechen abzunehmen, sich gegen 18 Uhr bei ihr einzufinden.

Ein paar Stunden später stand Leona dann vor dem Haus ihrer Freunde. Marlies empfing sie an der Tür. Sie und Leona waren in etwa demselben Alter. Allerdings war Marlies einen Kopf kleiner. Ihre üppigen Formen ließen ihre Vorliebe für gutes Essen erkennen. Kupferrote Korkenzieherlocken umrahmten ihr rundes Gesicht, auf dem ein rosiger Schimmer lag, der von den Vorbereitungen auf das Abendessen zeugte. Das Lächeln, mit dem sie sich für den Blumenstrauß bedankte, den Leona noch rasch in Sellin besorgt hatte, war offen und warmherzig. Leona hatte sie nie zuvor so strahlend erlebt. »Schön, dass du da bist. Komm doch rein«, sagte Marlies und zog ihre Freundin hinter sich her in eine geräumige Wohnküche, deren Mittelpunkt ein für vier Personen gedeckter Tisch bildete.

Leona warf Marlies einen erstaunten Blick zu. »Erwartest du noch weitere Gäste?«, erkundigte sie sich argwöhnisch. Was, wenn Marlies plante sie zu verkuppeln? Wenn das der Grund für ihre Einladung war? Zuzutrauen wäre es ihr. Doch Leonas Bedenken erwiesen sich als unbegründet.

»Keine Sorge, das vierte Gedeck ist für Peers Vater. Was ich zu sagen habe, geht auch ihn etwas an«, antwortete Marlies mit einem verschmitzten Lächeln.

Wie aufs Stichwort betraten in diesem Moment Vater und Sohn den Raum. Nachdem sie einander begrüßt und Platz genommen hatten, trug Marlies das Essen auf. Während sie sich die mit Dorschfilet gefüllten Lachsröllchen schmecken ließen, entspann sich eine ungezwungene Unterhaltung, in deren Verlauf Leona zusehends entspannter wurde. Das lag nicht zuletzt an Peer, der sich an diesem Abend von seiner besten Seite zeigte. Er scherzte und lachte, als hätte es nie Konflikte zwischen ihnen gegeben. Fast wie in alten Zeiten. In Wirklichkeit diente das Ganze wohl nur dem Zweck, seine Aufregung zu überspielen. Leona kannte ihn mittlerweile gut genug, um ihn zu durchschauen und ihm seine Gedanken vom Gesicht ablesen zu können. »Nun sag schon, was es zu feiern gibt«, kam sie auf den Grund für ihre Einladung zu sprechen.

Wie auf ein geheimes Zeichen hin wurde es plötzlich mucksmäuschenstill und alle sahen gespannt Marlies an. »Ich war heute beim Arzt«, begann sie.

»Beim Arzt?«, wiederholte Peer begriffsstutzig.

»Beim Frauenarzt«, fügte Marlies geheimnisvoll hinzu. »Wir bekommen ein Kind. Du wirst Vater und du«, meinte sie an Wilhelm gewandt, »Großvater.«

Für einen Moment sagte keiner ein Wort. Es war Wilhelm, der als Erster die Sprache wiederfand. »Großvater«, flüsterte er gerührt. »Kinder, dass ich das noch erleben darf!«

Er erhob sich, so schnell es ihm sein von Arthritis geplagtes Knie erlaubte, und schloss Marlies so fest in seine Arme, dass es fast den Anschein hatte, er wolle sie nie mehr loslassen. Dabei strahlte er übers ganze Gesicht.

Nachdem er sie wieder freigegeben hatte, stand Peer auf, um es ihm nachzutun. Wenngleich auch nicht ganz so euphorisch. »Ich ... nun ... also ... ich weiß gar nicht, was ich sagen soll«, druckste er verlegen herum, während er Marlies an sich zog und ihr unbeholfen über den Rücken strich.

»Ist das alles, was dir dazu einfällt?« Marlies' Strahlen verblasste, während sie ein Stück von ihm abrückte und ihn aus zusammengekniffenen Augen musterte. »Ich dachte, du würdest dich freuen.«

»Tu ich doch auch«, beeilte Peer sich ihr zu versichern.

Leona konnte sich des Eindrucks nicht erwehren, dass er das nur sagte, weil es von ihm erwartet wurde. Plötzlich stand ihr wieder das Bild vor Augen, wie Peer sich in jener Finnhütte über sie gebeugt und ihr Gesicht mit Küssen bedeckt hatte. Dabei hatte er vor Leidenschaft nur so gebrannt. Augenblicklich regte sich Leonas schlechtes Gewissen. Sie hätte den Vorfall nicht ignorieren dürfen. Es war falsch von ihr gewesen, die Sache zu verharmlosen. Sie hätte mit Marlies darüber sprechen müssen. Schließlich war sie ihre Freundin. Am Ende machte Peer sich immer noch Hoffnungen. Leona seufzte. Es gab nur einen Weg, um die Angelegenheit ein für alle Mal aus der Welt zu schaffen: Sie musste endlich Klartext mit ihm reden. Auch wenn sie Peer damit verletzte. Wobei das im Moment ihre geringste Sorge war. Sie konnte schließlich nicht tatenlos mit ansehen, wie die Beziehung ihrer Freunde den Bach hinunterging.

Sie spähte zu Peer hinüber. Was glaubte er eigentlich, wer er war? Stand da wie ein Holzklotz und starrte betreten zu Boden. Leona hätte ihn am liebsten an den

Schultern gepackt und geschüttelt. Das Einzige, was sie davon abhielt, war Marlies. Schließlich wollte sie ihr nicht den Abend verderben. Dabei reichte ein Blick, um zu erkennen, dass er längst verdorben war. Ihre Augen, die eben noch vor Freude geleuchtet hatten, wirkten nun traurig. Ihre Freundin stand da wie ein Häufchen Elend und sagte kein Wort. Was umso ungewöhnlicher war, da Marlies sonst nie ein Blatt vor den Mund zu nehmen pflegte. Sie sagte immer, was sie dachte. Auch wenn sie sich damit nicht nur Freunde machte. Aber so war Marlies nun einmal, und genau deswegen mochte Leona sie. Sie hatte das Herz am rechten Fleck und war eine unbestechliche Beobachterin, wenn es darum ging, hinter die Dinge zu sehen. Doch bei Peer versagte ihre Menschenkenntnis ganz offensichtlich. Ihr Anblick schnitt Leona derart ins Herz, dass sie nicht anders konnte, als aufzuspringen und sie in die Arme zu schließen und ihr zu sagen, wie sehr sie sich mit ihr freue. Den Blick, den sie Peer dabei zuwarf, ließ ihn bis unter die Haarspitzen erröten. Leona konnte nur hoffen, dass er endlich zur Vernunft kam. Jetzt komm schon, beschwor sie ihn im Stillen. Hör endlich auf, dich wie ein Arschloch zu benehmen.

Dem seltsamen Flackern in Marlies' Augen nach zu urteilen, schienen ihr ganz ähnliche Gedanken durch den Kopf zu spuken. Leona sah, wie es um ihre Mundwinkel zuckte. Sicher würde sie gleich in Tränen ausbrechen. Das schien auch Peer zu spüren. Beschämt ging er von hinten auf Marlies zu und legte seine Hand auf ihre Schulter. Leona bemerkte, dass ihre Freundin zusammenzuckte und ihr Gesichtsausdruck sich veränderte. Sie hat Angst, schoss es ihr durch den Kopf. Angst, ihn zu verlieren. Und das, obwohl er sich wie der letzte Idiot benimmt. Leona konnte es einfach nicht fassen. Doch der Blick, mit dem Marlies Peer ansah, als dieser sie sanft zu sich herumdrehte, sagte mehr als tausend Worte.

»Tut mir leid«, begann er reumütig. »Ich wollte dich nicht verletzen. Ich … Es kam so … so überraschend«, versuchte er, sein Verhalten zu rechtfertigen. »Was aber nicht heißt, dass ich mich nicht darüber freue. Ganz im Gegenteil.«

»Ehrlich?« Die Skepsis in Marlies' Stimme war unüberhörbar.

»Ganz ehrlich«, bekräftigte Peer.

Es war offensichtlich, dass sie ihm nur allzu gerne geglaubt hätte. In den vier Jahren, die sie sich mittlerweile kannten, hatte er ihr nie Anlass dazu gegeben, an seinen Gefühlen für sie zu zweifeln. Allerdings hatte es bisher auch noch keine vergleichbare Situation gegeben. Für ein Kind zu sorgen, bedeutete schließlich, Verantwortung zu übernehmen. Was, wenn Peer das gar nicht wollte? Wenn alles, was sie in ihrer Verliebtheit in ihre Beziehung hineininterpretiert hatte, reines Wunschdenken war? Marlies suchte seinen Blick. Sie brauchte endlich Gewissheit, musste wissen, woran sie bei ihm war. Es ging hier schließlich nicht nur um sie, sondern um ihre gemeinsame Zukunft und die ihres ungeborenen Kindes. Ihr mahlender Kiefer verriet die Anspannung, unter der sie stand. »Dann zeig es mir«, beschloss sie, ihn beim Wort zu nehmen. »Zeig mir, dass du es ernst meinst.«

Peer erblasste. Er öffnete den Mund und schnappte nach Luft. Das sah so komisch aus, dass Leona sich nur mit Mühe ein schadenfrohes Grinsen verkneifen konnte. Sie war gespannt, wie er sich aus der Affäre zu ziehen gedachte. Als hätte Peer ihre Gedanken erraten, sah er sie kurz verunsichert an. Leona konnte genau spüren, was gerade in ihm vorging. Glaubte er wirklich, sie würde ihm die Entscheidung abnehmen? Das konnte ja wohl nicht wahr sein! Allein die Vorstellung empörte sie derart, dass sie die Lippen fest aneinanderpresste, um nichts Unbedachtes zu sagen. Die Stimmung war auch so schon angespannt genug. Sie schielte zu Marlies hinüber. Lange würde Peer sie nicht mehr hinhalten können. Um ihm die Sache zu erleichtern, nickte Leona ihm unauffällig zu.

Für einen flüchtigen Moment erinnerte Peer sie an ein Kind, dem man sein Lieblingsspielzeug weggenommen hatte. Leona hatte ihn nie zuvor so verletzlich erlebt. Und es berührte sie auf eine eigentümliche Art. Sie beobachtete, wie Peer sich ein Herz fasste und Marlies' Hände ergriff, um sich in das Unvermeidliche zu fügen. In seinen Augen glänzten zurückgehaltene Tränen, als er seine Freundin fragte: »Willst du mich heiraten?« Seine Worte durchdrangen den Raum so zaghaft, als glitten sie durch eine Wolke.

Er hatte kaum ausgesprochen, als Marlies sich ihm mit einem glücklichen Aufschrei um den Hals warf. »Weißt du eigentlich, wie lange ich darauf warte, dass du mich das fragst?«, flüsterte sie ihm freudestrahlend ins Ohr.

Erleichtert schloss Peer sie in seine Arme und drückte ihr einen flüchtigen Kuss auf die Stirn. »Dann steht es also fest. Wir werden heiraten.« Die Worte waren ihm so selbstverständlich über die Lippen gekommen, dass es Leona für einen Moment die Sprache verschlug. Noch bevor es ihr gelang, sich von ihrer Überraschung zu erholen, wurde der Ruf nach Sekt laut. Kurz darauf erfüllte Gläserklirren den Raum.

Es war gegen 22 Uhr, als Leona sich auf den Heimweg machte. Der Sekt, dem sie an diesem Abend alle mit Ausnahme von Marlies reichlich zugesprochen hatten, hatte einen schalen Nachgeschmack hinterlassen. Leona hoffte, dass ihr der kurze Spaziergang dazu verhelfen würde, ihre Gefühle unter Kontrolle zu bringen. Dabei war es nicht nur Peers seltsames Verhalten, das ihr zu schaffen machte. Sie musste an Marlies denken. Daran, dass sie ein Kind bekommen würde. Allein der Gedanke versetzte Leona einen schmerzhaften Stich. Dabei war sie die Letzte, die ihrer Freundin dieses Glück nicht gönnen würde. Ganz im Gegenteil! Ihre Freude könnte nicht aufrichtiger sein. Gleichzeitig verdeutlichte es ihr die eigene Situation. Sie würde niemals ein Kind in sich heranwachsen spüren.

Von einer tiefen inneren Leere erfüllt, bog Leona in den holprigen Feldweg ein, der zu ihrem inmitten eines großen Grundstücks gelegenen Haus führte. Als sie das Gartentor öffnete, wurde sie von einem vertrauten Geräusch empfangen: dem Rascheln der Pappel, die neben der Zufahrt stand. Ihr sich im Wind wiegender Wipfel war wie ein stummer Gruß, der ihr den Weg nach Hause wies. Vor ihr lag ein schmaler Pfad, der sich durch knöchelhohes Gras wand. Nach ein paar Metern kam ein Teich in Sicht. Meterhohe Gräser und Büsche, aus denen es vielstimmig zirpte, bildeten einen natürlichen Schutzwall um ihn, und in seiner Mitte erhob sich eine kleine grasbewachsene Insel. Dahinter befanden sich mehrere verwaiste Geflügelställe. Es war ein lauer Sommerabend. Bestens dazu geeignet, um ihn bei einem Glas Wein auf der Bank vor dem Haus ausklingen zu lassen. Dort, wo sie immer mit Henning gesessen hatte. Die Erinnerung daran erfüllte sie mit Wehmut. Er fehlte ihr. Plötzlich musste sie an jenen Tag zurückdenken, an dem sie zum ersten Mal mit ihm hierhergekommen war. Genau wie heute hatte auch damals die Sonne geschienen und die Luft war von Rosenduft erfüllt gewesen. Leona sah die Szene deutlich vor sich. Das gesamte Anwesen hatte so beschaulich und friedvoll gewirkt, dass sie sich sofort heimisch gefühlt hatte. Und nun gehörte es ihr. War ihr von Henning vermacht worden.

Leona fragte sich, ob er sie in diesem Augenblick sehen konnte. Sie war davon überzeugt, dass es irgendwo dort oben, weit über den Wolken und allen menschlichen Vorstellungen, einen Ort gab, von wo aus er sie beobachtete und beschützte. Er hatte ihr zu Lebzeiten so viel zu geben gehabt. Warum sollte das mit seinem Tod enden? Auch wenn sie kein religiöser Mensch war, konnte nichts und niemand ihr den Glauben daran nehmen, dass sie sich irgendwann wiedersehen würden. Nur dass dieses Wiedersehen in einer anderen Welt stattfinden würde. In einer Welt, die sich ihrer Vorstellungskraft bislang entzog. Für einen kurzen Moment huschte ein verklärtes Lächeln über ihr Gesicht.

Doch es verschwand ebenso schnell, wie es gekommen war, als sie die Haustür aufzusperren versuchte. Denn obwohl der Schlüssel sich problemlos ins Schloss stecken ließ, gelang es ihr nicht, ihn herumzudrehen. Es dauerte einen Moment, bis Leona begriff, dass es dafür nur einen Grund geben konnte. Ihr Herz schlug schnell und hart gegen ihre Rippen, als sie die Klinke heruntergedrückt und ihren Verdacht bestätigt sah. Die Tür ließ sich widerstandslos öffnen. Sofort begann in Leonas Kopf eine Alarmglocke zu läuten. Hatte sie es versäumt abzuschließen, bevor sie gegangen war?

Sie versuchte, sich zu erinnern. Denk nach!, ermahnte sie sich. Doch es gelang ihr nicht. Sie wusste nur, dass ihr das noch nie passiert war. Warum also heute? Plötzlich stand ihr Bruhns Bild vor Augen. Die Vorstellung, er könnte hier gewesen sein, ließ sie feuchte Hände bekommen. Was sollte sie tun? Ihrem ersten Impuls folgen und weglaufen? Oder ins Haus gehen und nachschauen, ob alles in Ordnung war? Ausgeschlossen! Sie schüttelte den Kopf. Keine zehn Pferde würden sie in ihrer momentanen Verfassung dazu bringen, auch nur einen Schritt über die Schwelle zu tun. Was, wenn es kein Versehen gewesen war? Wenn sie ordnungsgemäß abgeschlossen hatte? Allein der Gedanke, was sie hinter der Tür erwarten könnte, reichte aus, um sie in Panik zu versetzen. Ihr Atem ging schnell und flach, als sie mit ungeschickten Bewegungen ihr Handy hervorzog, um Peer anzurufen. Er war der Einzige, der ihr jetzt helfen konnte, der wusste, welche Gefahr für sie von Bruhns ausging.

Es kam Leona wie eine gefühlte Ewigkeit vor, bis sie ihn endlich in halsbrecherischem Tempo mit dem Fahrrad in den Feldweg einbiegen sah, der in ihr Grundstück mündete. Sie lief ihm entgegen. Peer erschrak bei ihrem Anblick. Leona war kreideweiß und zitterte am ganzen Körper.

»Was ist los? Was ist passiert?«, erkundigte er sich überflüssigerweise.

Als Leona sich stumm zur Tür umdrehte, zückte er seine Dienstwaffe, um sich dem Haus im Schutz der Dunkelheit zu nähern. Leona folgte ihm.

»Ich geh rein und schau mich um. Und du«, schärfte er ihr ein, »bleibst hier und rührst dich nicht vom Fleck. Haben wir uns verstanden?«

Leona nickte gehorsam.

Nach ein paar Minuten kam Peer mit der Nachricht zurück, das Haus sei leer.

Erleichtert stieß Leona die Luft aus und ließ sich auf die neben der Tür stehende Bank sinken. »Dann hab ich mich also ganz umsonst verrückt gemacht?«

Statt zu antworten, nahm Peer neben ihr Platz und zückte sein Handy, um zu wählen.

»Wen rufst du an?«

Peer, dessen Zeigefinger bereits über der Wähltaste schwebte, hielt kurz inne. »Die Spurensicherung. Das Haus ist zwar leer, aber das Wohnzimmerfenster steht offen.« Er gab ihr ein paar Augenblicke, um die Nachricht zu verdauen. »Wenn Bruhns tatsächlich hier war, dann …«

»Dann was?«, wurde er von Leona unterbrochen. Ihre Stimme war hoch und schrill, kurz davor, ins Hysterische abzugleiten. »Ständig bekomme ich von dir zu hören, du hättest alles im Griff«, fuhr sie ihn an. »Dass ich nicht lache. Gar nichts hast du im Griff. Gar nichts. Nichts als leere Versprechungen. Aber darin bist du wirklich gut. Ich …« Was auch immer sie noch sagen wollte, ging in einem heftigen Schluchzen unter. Wer weiß, was sie ihm sonst noch für hässliche Dinge an den Kopf geworfen hätte. Dinge, die sich, erst einmal ausgesprochen, nicht mehr zurücknehmen ließen.

Peer hatte ihren Ausbruch kommentarlos über sich ergehen lassen. »Ich kann verstehen, dass du sauer auf mich bist«, war alles, was er zu erwidern wusste. Sein Gesicht nahm einen entschlossenen Ausdruck an. So hatte Leona ihn noch nie gesehen. »Aber damit ist jetzt Schluss!« Er wählte eine Nummer, um die Kollegen von der Spurensicherung zu benachrichtigen.

»Ich hab gerade mit Landknecht telefoniert«, erklärte Peer, nachdem er das Gespräch beendet hatte. »Er schickt gleich jemanden vorbei. Und ich hab einen Streifenwagen angefordert.«

Leona sprang auf. »Wozu das denn?«

»Um dich in Sicherheit zu bringen.«

»In Sicherheit?«

Peer nickte. »Ich möchte, dass du die Nacht in einem Hotel verbringst.« Er zögerte. »Du könntest natürlich auch mit zu uns kommen.«

Leona schüttelte den Kopf. »Besser nicht. Ich will euch nicht auch noch in Gefahr bringen. Was, wenn …?«

»Das ist doch Unsinn«, wurde sie von Peer mit einer unwirschen Handbewegung zum Schweigen gebracht. »Ich bin schließlich bei der Polizei.«

»Du«, fuhr Leona ihn an. »Immer denkst du nur an dich.«

Peer runzelte verständnislos die Stirn. »Was soll das heißen?«

»Marlies«, entgegnete Leona schlicht. »Sie bekommt ein Kind. Was, wenn dieser Irre …?« Weiter kam sie nicht.

»Ständig muss ich mir von dir anhören, was für ein Versager ich bin«, konterte Peer beleidigt. »Dabei mache ich nur meinen Job. Du könntest mir wenigstens die Chance geben, dir zu beweisen, was in mir steckt!«

»Etwa so wie damals in dieser Finnhütte?« Die Worte waren ihr einfach herausgerutscht. Leona biss sich auf die Lippe. »Tut mir leid«, versuchte sie einzulenken. Hier und jetzt war weder der passende Zeitpunkt noch der geeignete Ort, um darüber zu sprechen. Sie sollten besser …

»Warum tust du das?«, fragte Peer. Seine Stimme klang ganz rau. »Warum tust du mir das an? Ich gebe ja zu, dass ich nicht fehlerlos bin. Aber wer ist das schon? Und Fehler sind dazu da, um daraus zu lernen.« Die Art und Weise, wie er das sagte, ließ Leona erkennen, dass sich seine Worte nicht nur auf seine Arbeit bezogen.

»Ich kann nur hoffen«, begann sie, »dass du …«

Plötzlich war Peer ganz dicht bei ihr, und sie konnte seinen Atem auf ihrem Gesicht spüren. Leona schauderte.

»Dass ich was? Merkst du nicht, dass ich mein letztes Hemd für dich geben würde?« Er warf ihr einen flehentlichen Blick zu. »Ein Wort von dir«, beschwor er sie. »Ein Wort und ich …«

»Sei still!«, brauste Leona auf. »Ich …«

Ein Wagen bog in die Einfahrt und ließ sie verstummen. Kurz darauf tauchten zwei mit Taschen und Koffern beladene Männer aus der Dunkelheit auf, die sich im Näherkommen als Uwe Landknecht und sein Kollege Bernhard Lindner von der Spurensicherung entpuppten. »Das ging aber flott«, zeigte Peer sich erleichtert.

Leona kannte ihn gut genug, um zu wissen, dass sich seine Erleichterung nicht nur auf ihr schnelles Erscheinen bezog. Wahrscheinlich schickte er gerade ein stummes Dankgebet gen Himmel. Schließlich war er gerade dabei gewesen, sich um Kopf und Kragen zu reden.

Nachdem sie einander begrüßt hatten, erläuterte Peer ihnen in Leonas Beisein die Lage.

»Wir werden Ihr Haus auf Spuren untersuchen, die auf fremdes Eindringen hindeuten«, erklärte der größere der beiden Männer ihr. Er war von kräftiger Statur und hatte ein auffallend rotes Gesicht, das in krassem Gegensatz zu den weißen Schutzanzügen stand, die er und sein Kollege sich inzwischen übergezogen hatten. Kurz darauf waren die beiden Männer im Haus verschwunden und sie war wieder mit Peer allein.

»Was hältst du von einem Spaziergang, um die Zeit zu überbrücken?«, erkundigte er sich zaghaft.

Leona warf einen Blick auf ihre Armbanduhr. »So spät noch?« Es war kurz nach 23 Uhr.

»Hier können wir im Moment sowieso nichts tun«, gab Peer zu bedenken.

»Na gut«, willigte sie zögerlich ein. »Aber nur, wenn du mir versprichst, nicht wieder von …« Sie musste nicht weiterreden. Peer hatte verstanden.

»Keine Sorge, das hatte ich nicht vor«, unterbrach er sie kühl und setzte sich in Bewegung. Leona sollte nicht merken, wie sehr ihn ihre Worte gekränkt hatten.

Ohne ein festes Ziel zu haben, schlugen sie den Weg über das an Leonas Grundstück angrenzende Feld ein. Der am Himmel stehende Vollmond übergoss die Landschaft mit silbrigem Licht. Eine Weile gingen sie stumm nebeneinander her. Inzwischen hatten sie den Ort hinter sich gelassen und waren auf dem nach Middelhagen führenden Radweg angelangt. Die ganze Zeit über grübelte Leona über ein weniger verfängliches Thema. Sie konnte und wollte nicht über Marlies und seine Gefühle für sie reden. Dazu fühlte sie sich in ihrer momentanen Verfassung außerstande. »Gibt es eigentlich schon etwas Neues in Bezug auf den ermordeten Taxifahrer?«, kam sie schließlich auf den aktuellen Fall zu sprechen.

Peer seufzte. »Darüber möchte ich jetzt nicht reden.« In seine Stimme hatte sich ein gereizter Unterton geschlichen.

Leona spürte, wie sich Widerstand in ihr zu regen begann. »Na gut, worüber willst du dann reden? Vielleicht über …?« Um ein Haar hätte sie »Marlies« gesagt und damit die Sprache auf das Thema gebracht, das sie eigentlich vermeiden wollte. »Ich meine, ich will doch bloß wissen, ob«, sie schluckte, »ob sich eure Ermittlungen noch immer ausschließlich gegen Bissati richten.«

»Die Tatsache, dass er weiterhin in Untersuchungshaft sitzt, sollte deine Frage eigentlich beantworten.«

Obwohl Leona damit gerechnet hatte, dass Peer das sagen würde, fiel es ihr schwer, ihre Enttäuschung zu verbergen. »Tut mir leid. Aber ich kann mir beim besten

Willen nicht vorstellen, dass ein Mann wie er zu so einer Tat fähig sein soll«, beharrte sie. »Ich meine, warum?«

»Warum, warum?«, brachte Peer sie mit einer unwirschen Handbewegung zum Schweigen. »Bist du wirklich so naiv, oder tust du nur so? Langsam solltest du eigentlich wissen, dass es immer einen Grund gibt.«

»Mag sein. Nur kann ich in dem Fall keinen erkennen.«

Leonas Hartnäckigkeit entlockte Peer ein genervtes Stöhnen. »Du kannst es einfach nicht lassen, wie? Dabei dachte ich, du wüsstest inzwischen, was passieren kann, wenn man die Nase in anderer Leute Angelegenheiten steckt.« Noch deutlicher hätte er kaum auf die Aktion anspielen können, die in diesem Moment bei ihr zu Hause ablief. »Das«, betonte er, »hättest du dir alles ersparen können, wenn du auf mich gehört hättest.«

»Noch ist nicht bewiesen, dass Bruhns tatsächlich bei mir eingestiegen ist.«

»Lenk nicht ab, du weißt genau, was ich meine.«

Leona sog scharf die Luft ein. »Wenn du glaubst, mich damit einschüchtern zu können, hast du dich getäuscht.«

»Was soll das heißen?«

»Das soll heißen, dass ich die Informationen auch ohne deine Hilfe bekommen werde.« Sie hatte kaum ausgesprochen, als Peer sie am Arm packte und zu sich herumwirbelte. In seinen Augen lag ein Ausdruck, den Leona nicht zu deuten wusste.

»Einen Dreck wirst du! Hast du mich verstanden?«

Statt etwas zu erwidern, befreite Leona sich mit einer ruckartigen Bewegung aus seiner Umklammerung. »Glaubst du, ich lasse mir von dir vorschreiben, was ich tun darf und was nicht? Vergiss es! Das hat schon beim letzten Mal nicht funktioniert.«

Peer schluckte. »Der Kerl scheint dich ja mächtig beeindruckt zu haben, wenn du dich so für ihn ins Zeug legst.« In seiner Stimme lag ein lauernder Unterton.

»Das hat damit gar nichts zu tun«, empörte Leona sich.

»Ach nein? Womit denn dann?«

Leona versuchte, sich nicht anmerken zu lassen, dass seine Frage sie in Verlegenheit brachte. »Ich, nun, ich möchte mir einfach meine eigene Meinung bilden. Das wird ja wohl nicht verboten sein.«

»Gibt es denn wirklich nichts und niemand, der dich davon abhalten kann?« Das klang resigniert.

Als hätte Leona nur darauf gewartet, dass Peer endlich zur Vernunft kam, blieb sie stehen und wandte sich ihm zu. »Ich wüsste da was.«

Peer musterte sie skeptisch. »Und das wäre?«

»Du müsstest mir nur sagen, was ich wissen will. Und schon wäre ich nicht mehr gezwungen, mir die Informationen anderweitig zu besorgen.« Sie legte den Kopf schief und sah ihn treuherzig an. »Wir könnten zur Abwechslung ja mal zusammenarbeiten. Ich könnte mir vorstellen, dass wir beide gar kein so schlechtes Team abgeben. Du kannst ja mal darüber nachdenken.«

»Wie's aussieht, lässt du mir keine Wahl«, knurrte Peer.

»Ich sehe, wir verstehen uns.« Auf Leonas Gesicht erschien ein spitzbübisches Lächeln.

»Ich will auch nur wissen, ob es schon etwas Neues in Bezug auf Bissati gibt.«

»Also gut«, gab Peer sich geschlagen. »Der Bericht der Laboruntersuchung ist heute Morgen auf meinem Tisch gelandet und hat eine 100-prozentige Übereinstimmung ergeben zwischen den an der Brücke festgestellten Rückständen und den Gegenständen, die wir in Doktor Bissatis Sondermülltonne gefunden haben. Hinzu kommt, dass die Brücke von einem Fachmann manipuliert worden sein muss. Von jemandem, der genau wusste, wie und wo er das Zyanid platzieren musste, damit es seine tödliche Wirkung so entfaltet, dass auf den ersten Blick kein Zusammenhang erkennbar ist.«

Auf Leonas Stirn hatte sich eine steile Falte gebildet. »Du sagst, die Brücke sei von einem Fachmann manipuliert worden. Habt ihr dabei berücksichtigt, dass sie zur Reparatur im Dentallabor war?«

»Aber sicher. Wir sind schließlich keine blutigen Anfänger«, stellte Peer klar. »Ich habe persönlich mit der zuständigen Zahntechnikerin gesprochen.«

»Und?«, hakte Leona nach, als er keine Anstalten machte, weiterzusprechen.

»Sie geht nächstes Jahr in Rente und ist in keiner Weise mit Gutmann verwandt oder verschwägert.«

»Ist das etwa alles?«

»Natürlich haben wir auch ihr Umfeld unter die Lupe genommen. Es gibt keinen Grund zu der Annahme, es könnte sich um eine Beziehungstat handeln.« Peer suchte ihren Blick. »Wie du siehst, habe ich meine Hausaufgaben gründlich gemacht«, fügte er selbstgefällig hinzu.

Leona schien er damit nicht zu überzeugen. »Nur weil sie einander nicht kannten, heißt das noch lange nicht, dass sie es nicht gewesen sein könnte. Bissati kannte Gutmann schließlich auch nur als Patient.«

Auf Peers Gesicht erschien ein unergründliches Lächeln. »Da wäre ich mir nicht so sicher.«

»Was soll das heißen?«

»Ich will damit nur sagen, dass Bissati durchaus ein Motiv hatte.«

Leonas Körper spannte sich an. »Welches?«

Ihre Frage verstärkte Peers Lächeln. »Wie wäre es mit Eifersucht?«

»Eifersucht?«, wiederholte Leona ungläubig. »Wie kommst du denn darauf?«

»Durch Gutmanns Witwe. Sie hat es mir selbst erzählt.«

»Was?«, hakte Leona verwirrt nach. »Was hat sie dir erzählt?«

»Dass Bissati ihr den Hof gemacht hat.«

Das musste Leona erst mal verdauen. Es war, als hätte man ihr den Boden unter den Füßen weggezogen. Sollte sie sich wirklich derart in Bissati getäuscht haben?

»Ich sehe, du bezweifelst meine Worte«, riss Peer sie aus ihren Gedanken.

»Allerdings.«

Peer runzelte erstaunt die Stirn. »Ich wusste gar nicht, dass du Bissati gut genug kennst, um das beurteilen zu können.«

»Tue ich auch nicht. Ich kann mir nur nicht vorstellen, dass er ein Schürzenjäger sein soll«, versuchte sie ihre Worte zu relativieren.

»Willst du Frau Gutmann etwa unterstellen, sie sei eine Lügnerin?«

Etwas an seinem Tonfall ließ Leona aufhorchen. »Woher soll ich das wissen? Ich kenne sie doch gar nicht.«

»Eben«, pflichtete Peer ihr bei. »Denn wenn du sie kennen würdest, würden sich deine Zweifel erübrigen.«

Seine Antwort verblüffte Leona. »Ach ja? Wie ist sie denn so?«

»Keine Ahnung.« Peer zuckte mit den Schultern. »Ich weiß nur, dass sie Bissati mit Sicherheit nicht schaden wollte.«

»Ach ja?«

»Du hättest sehen sollen, wie sie sich geziert hat, bevor sie mit der Sprache herausgerückt ist.«

»Könnte ein Trick gewesen sein«, hielt Leona unbeeindruckt dagegen.

»Glaub ich nicht.« Ohne sich dessen bewusst zu sein, nahm Peers Gesicht einen schwärmerischen Ausdruck an.

Leona wäre nicht Leona gewesen, wenn sie das nicht misstrauisch gemacht hätte. Bevor sie es verhindern konnte, entschlüpfte ihr auch schon eine dementsprechende Bemerkung. Um sie zu relativieren, bat sie Peer, ihr noch ein wenig mehr über Frau Gutmann zu erzählen.

»Sie arbeitet bei der Oseba. Hat dort eine Führungsposition inne.«

»Oseba?« Leona überlegte, wo sie den Namen schon einmal gehört hatte. »Meinst du damit etwa dieses private Bankhaus in Bergen?«

»Genau das. Frau Gutmann ist für die Anlageberatung zuständig.«

Sein beinahe ehrfurchtsvoller Tonfall ließ Leona aufhorchen. »Das klingt ja, als wäre sie dadurch über jeden Zweifel erhaben.«

Bevor Peer etwas darauf erwidern konnte, klingelte sein Handy. Es war Landknecht von der Spurensicherung. Peer stellte den Ton laut, damit Leona mithören konnte. »Wir sind hier erst mal so weit.«

»Und, wie sieht's aus?«

»Am Haustürschloss haben wir deutliche Spuren eines gewaltsamen Eindringens festgestellt. Es wurde aufgebrochen«, erklärte Landknecht.

»Und was ist mit dem Wohnzimmerfenster?«, hakte Peer nach.

»Sieht ganz danach aus, als hätte es dem Eindringling als Fluchtweg gedient. Womöglich war er bei Frau Pirells Rückkehr noch im Haus.«

Leona spürte, wie sich ihr bei dieser Vorstellung die Nackenhaare aufstellten.

»Des Weiteren«, fuhr Landknecht fort, »haben wir im Schlafzimmer neben Haaren und Haarschuppen jede Menge Fingerabdrücke gesichert. Die Auswertung der von uns sichergestellten Spuren wird ergeben, ob es sich dabei ausschließlich um die von Frau Pirell handelt oder ob andere Abdrücke darunter sind.«

»Wäre es denn möglich, dass noch andere Abdrücke darunter sind?«, wandte Peer sich an Leona.

Diese verstand nicht gleich. »Wie meinst du das?«

»Ach, komm schon«, meinte Peer. In seiner Stimme lag ein lauernder Unterton. »Du weißt genau, wie ich das meine. Gibt es jemanden außer dir, der sich in deinem Schlafzimmer aufgehalten hat?«

Es dauerte einen Moment, bis Leona begriff, worauf Peer anspielte. »Nein, da gibt es niemanden«, entgegnete sie kühl.

»Ich denke, das war's dann erst mal.« Landgrafs Worte wurden von Motorengeräuschen begleitet. »Der angeforderte Streifenwagen ist soeben eingetroffen«, fügte er nach einer kurzen Pause hinzu. »Soll ich ihn vorm Haus Stellung beziehen lassen?«

»Warte einen Moment«, sagte Peer, bevor er sich an Leona wandte, um noch einmal zu betonen: »Vielleicht solltest du heute Nacht besser woanders schlafen.«

»Wahrscheinlich hast du recht«, pflichtete Leona ihm nachdenklich bei. »Ich muss morgen früh ohnehin nach Greifswald zurück. Da kann ich genauso gut gleich losfahren.«

»Ich weiß nicht, ob das eine so gute Idee ist«, widersprach Peer. »Wenn Bruhns tatsächlich hinter dir her ist, wird er dich auch in Greifswald finden.«

Man konnte Leona ansehen, dass sie diese Möglichkeit nicht in Betracht gezogen hatte und der Gedanke sie ängstigte. »Ich kann mich doch nicht ein Leben lang vor ihm verstecken.«

»Sollst du auch nicht«, sagte Peer. »Nur so lange, bis wir ihn haben.« Er hob sein Handy ans Ohr. »Es gibt eine Änderung«, ließ er Landgraf wissen. »Statt vor Frau Pirells Grundstück soll der Streifenwagen vor ihrer Wohnung in Greifswald Stellung beziehen.«

»Kannst du mir die Adresse durchgeben?«, erkundigte Landgraf sich.

»Nicht nötig. Ich möchte, dass er Frau Pirell eskortiert, wenn sie nachher in ihrem Wagen nach Greifswald zurückfährt.«

6. KAPITEL

Bei ihrer Ankunft erkannte sie am Läuten der nahe gelegenen Marienkirche, dass es zwei Uhr war. Obwohl Leona zu Tode erschöpft war, konnte sie nicht einschlafen. Zu viel ging ihr durch den Kopf. Was, wenn ihr Verdacht zutraf? Wenn es tatsächlich Bruhns war, der bei ihr eingebrochen war? Vielleicht war er ja schon die ganze Zeit über in ihrer Nähe gewesen und hatte nur auf einen günstigen Zeitpunkt gewartet, um seine Drohung wahr zu machen? Glaub ja nicht, es ist vorbei. Oh nein! Es hat gerade erst angefangen. Seine Worte hatten sich ihr unauslöschlich eingebrannt. Leona spürte, wie ihre Angst in Ärger umschlug. Peers Beteuerungen zufolge hätte Bruhns längst hinter Schloss und Riegel sitzen müssen. Stattdessen lief er noch immer frei herum. Ein zu allem entschlossener Killer. Leona versuchte, sein Bild aus ihrem Kopf zu verbannen: Das hämische Grinsen, als sich seine Hände um ihren Hals gelegt hatten. Doch es gelang ihr nicht.

Leona kniff die Augen zusammen und massierte ihre pulsierenden Schläfen. Ihr Gehirn fühlte sich wie ein durchlöchertes Nadelkissen an. Plötzlich musste sie an Peer und Marlies denken und an das Kind, das sie bekommen würden. Marlies hatte so glücklich gewirkt. Leona konnte nur hoffen, dass Peer sein

Versprechen halten und ihr ein guter Ehemann sein würde.

Der Gedanke brachte sie zu Bissati zurück. Leona konnte und wollte einfach nicht glauben, was Peer ihr über ihn erzählt hatte. Und sie war auf Gutmanns Frau gespannt. Während sie sich in Spekulationen über ihr Äußeres erging, wich die Schwärze der Nacht allmählich grauem Dämmerlicht. Nach einer Weile dumpfen Brütens stand Leona auf und ging unter die Dusche.

Inzwischen war es kurz nach sechs. Zeit, um zu frühstücken und sich auf den Weg zur Arbeit zu machen. Auch wenn sie nicht wusste, wie sie den Tag überstehen sollte.

7. KAPITEL

Er war mit brummendem Schädel und einem säuerlichen Geschmack im Mund aufgewacht. Für einen Moment wusste er nicht, wo er sich befand. Der Raum war abgedunkelt. Nur neben den Rändern der herabgelassenen Jalousie drang schwacher Lichtschimmer herein. Allmählich kehrte die Erinnerung zurück. Wie hatte er nur so leichtsinnig sein können? Er schloss die Augen und versuchte, die Gedanken daran zu verdrängen. Doch es half nichts. Er musste sich den Tatsachen stellen. Sich eingestehen, dass er einen Fehler gemacht hatte, der ihm beinahe zum Verhängnis geworden wäre. Dabei war er sich seiner Sache so sicher gewesen, hatte sich schon ausgemalt, was er bei ihrer Rückkehr mit ihr tun würde. Vor sein geistiges Auge drängten sich die Bilder des gestrigen Tages.

Es war kurz vor 18 Uhr gewesen, als er von seinem Versteck aus beobachtet hatte, wie sie das Grundstück verließ. Diesmal hatte sie das Auto stehen lassen und sich zu Fuß auf den Weg gemacht. Er wäre ein Narr gewesen, die Gelegenheit ungenutzt verstreichen zu lassen. Endlich war seine Stunde gekommen! Der Moment, auf den er so lange gewartet hatte. Die Tatsache, dass sie zu Fuß unterwegs war, ließ ihn davon ausgehen, dass es nur eine Frage der Zeit war, bis sie zurückkommen würde. Er war schon auf ihr Gesicht gespannt. Dieses Mal würde sie ihm nicht entkommen.

In ihr Haus einzudringen, stellte kein Problem für ihn dar. Schließlich kannte er sich mit Schlössern aus. Doch dann war er unvorsichtig geworden, hatte vergessen, die Haustür hinter sich abzuschließen. Deutlicher hätte er sie nicht warnen können. Er hatte diesen Gedanken nicht ganz zu Ende gedacht, als er eine unbändige Wut in sich aufsteigen spürte. Warum hatte sie ihre Nase in Dinge stecken müssen, die sie nichts angingen? Ohne sie wäre er heute noch ein unbescholtener Bürger. Stattdessen hatte sie sein Leben für immer zerstört und dafür gesorgt, dass er sich wie eine Ratte verkriechen musste. Kein Wunder, dass kein Tag verging, an dem er nicht an sie dachte. Daran, wie seine Rache aussehen würde. Allein der Gedanke daran verschaffte ihm ein solches Hochgefühl, dass er darüber beinahe vergaß, dass sie ihm schon zweimal entkommen war. Aber aller guten Dinge waren schließlich drei. Er musste sich nur gedulden. Auch wenn ihm das von Tag zu Tag schwerer fiel. Seine Zeit in diesem Haus war schließlich nicht unbegrenzt.

Er zwang sich, die Augen zu öffnen und sich umzusehen. Der Raum mit seiner vergilbten Tapete und dem schäbigen Mobiliar war ihm inzwischen so vertraut, als hätte er sein ganzes Leben hier verbracht. Er schwang seine Beine aus dem Bett und setzte sich auf. Fünf Schritte bis zur Tür, 20 weitere über den Flur bis ins Badezimmer. Tagein, tagaus dasselbe Spiel. Es war zum Verrücktwerden. Das Einzige, was ihn davon abhielt, war die Aussicht, die sich ihm vom Dachbodenfenster aus bot. Sie gewährte ihm ungehinderten Einblick in das Grundstück und ihre Gewohnheiten. So wusste er, wann sie zu kommen und zu gehen pflegte, auch wenn sich dies durch ihren wechselnden Dienstplan immer wieder mal änderte. Deshalb verließ er seinen Platz nur, wenn Hunger, Durst oder die hereinbrechende Dunkelheit ihn dazu zwangen. Zum Glück verfügte sein selbst gewähltes Gefängnis über einen gut gefüllten Vorratskeller. Es würde schließlich ein langer Sommer werden. Und ein noch längerer Herbst. An die Zeit danach wollte er im Moment noch nicht denken.

8. KAPITEL

Leona wusste selbst nicht, wie, aber es gelang ihr, nicht nur den Tag zu überstehen, sondern auch den Rest der Woche. Die Frage war nur, wie es jetzt weitergehen sollte. Die Auswertung der sichergestellten Spuren in ihrem Haus hatte ergeben, dass Bruhns der Einbrecher gewesen war. Ein DNA-Abgleich hatte die letzten Zweifel ausgeräumt. Obwohl man Bruhns daraufhin erneut in sämtlichen Medien zur Großfahndung ausgeschrieben hatte, blieb er unauffindbar. Daran konnte auch die Tatsache nichts ändern, dass Peer täglich bei ihr anrief, um sie auf den neuesten Stand zu bringen. Zumal ihm dabei nur zu wiederholen blieb, was Leona ohnehin schon wusste.

Um sich abzulenken, verbrachte sie jede freie Minute im Sektionssaal und übernahm zudem sämtliche Rufbereitschaften. Trotzdem konnte sie nicht einschlafen, wenn sie abends todmüde ins Bett fiel. Es war wie ein Teufelskreis, aus dem es nur einen Ausweg gab: Sie musste Bruhns finden. Egal, wo er sich versteckt hielt. Nur so würde sie die Kontrolle über ihr Leben zurückerlangen, das ihr zusehends zu entgleiten drohte. Das Problem war nur, dass sie nicht die geringste Ahnung hatte, wie sie ihr Vorhaben in die Tat umsetzen sollte. Zumal es ja nicht einmal der Polizei gelang, ihn aufzuspüren. Möglicherweise war Bruhns inzwischen längst über alle Berge. Andererseits konnte sie nicht ausschließen, dass er sich in ihrer Nähe aufhielt. Vielleicht war er noch immer in Lobbe, wartete auf ihre Rückkehr und lauerte darauf, sie dieses Mal endlich zu fassen zu bekommen. Die Vorstellung ließ Leona nicht mehr los. Es gab nur einen Weg, um sich Gewissheit zu verschaffen. Sie musste zurück und sich ihren Ängsten stellen. Wie zu erwarten, stand Peer ihren Plänen skeptisch gegenüber.

Letztendlich war es ihr Chef, der ihr die Entscheidung abnahm, indem er sie kurzerhand beurlaubte, nachdem sie auf dem Weg in den Sektionssaal beinahe einen Schwächeanfall erlitten hatte. Er hatte sie daraufhin höchstpersönlich nach Hause begleitet und ihr eingeschärft, sich auszuruhen und ihm nicht eher unter die Augen zu treten, bis sie wieder fit war. Das lag jetzt drei Tage zurück. Drei Tage, an die sie sich im Nachhinein kaum mehr erinnern konnte. Irgendwann forderte der Körper seinen Tribut.

Doch als sie das Bett wieder verlassen konnte, war es mit ihrer Ruhe vorbei. Leona hasste nichts mehr, als zur Untätigkeit verdammt zu sein. Inzwischen waren fast zwei Wochen vergangen, seit sie Rügen verlassen hatte. Höchste Zeit, um sich mit eigenen Augen ein Bild von der Lage in ihrem Haus zu verschaffen. Also setzte sie sich in ihr Auto und fuhr los. Doch je näher sie ihrem Ziel kam, desto größer wurden ihre Bedenken. Hast du dir das auch gut überlegt?, appellierte die Stimme der Vernunft an ihr Gewissen. Was, wenn sie sich damit erneut in Gefahr brachte? Wie immer, wenn sie beim Fahren nachdachte, wurde sie langsamer. Das wurde ihr allerdings erst bewusst, als es hinter ihr zu hupen begann. Ein Blick auf den Tacho zeigte, dass sie mit gerade mal 40 Stundenkilometern unterwegs war. Mittlerweile befand sie sich in Putbus. Als links von ihr das Theater in Sicht kam, setzte sie den Blinker. Was sie jetzt brauchte, war eine Verschnaufpause.

Nachdem sie einen Parkplatz für ihr Auto gefunden hatte, überquerte sie die Hauptstraße und steuerte den Schlosspark mit seinem Wildgehege an. Sie benötigte dringend etwas frische Luft.

Eine halbe Stunde später saß sie wieder hinter dem Steuer ihres Wagens. Ihr Entschluss stand fest: Sie würde nach Lobbe fahren.

Zuvor jedoch wollte sie noch nach Altensien. Dorthin, wo die Gutmanns wohnten, wie sie aus ihren Unterlagen wusste. Leona wäre nicht Leona gewesen, wenn sie wegen ihrer eigenen Probleme die gegen Bissati erhobenen Vorwürfe aus den Augen verloren hätte. Der Abstecher diente dem Zweck, sich ein Bild vom Umfeld des Toten zu machen. Vielleicht bekam sie dabei auch seine Frau zu Gesicht.

Inzwischen war Leona von der B 196 abgebogen und hatte Altensien erreicht. Während links und rechts die mit Schilfrohr gedeckten Wohnhäuser an ihr vorbeizogen, musste sie für einen Moment an die im Ort befindliche Schrotmühle denken und die rund um die Mühle veranstalteten Aktionstage. Zusammen mit Marlies hatte sie dort unter Anleitung eines erfahrenen Bäckermeisters leckere Mühlenzungen in einem Steinbackofen gebacken. Das war ein schöner Tag gewesen! Als sich daraufhin ihr knurrender Magen zu Wort meldete, signalisierte ihr Navi, dass sie an ihrem Ziel angekommen war.

Das sandfarbene Haus der Gutmanns lag an der Dorfstraße mit Blick auf den Selliner See. Es war im Villenstil errichtet und besaß einen kleinen, auf zwei Säulen gestützten Balkon über der Eingangstür. Es war ein Stück von der Straße zurückgesetzt und von einer dichten Ligusterhecke umgeben. Während Leona langsam daran vorbeifuhr, registrierte sie, dass in sämtlichen Stockwerken die Rollläden heruntergelassen waren. Das Haus machte einen verlassenen Eindruck. Doch dann sah sie, dass in der Kieseinfahrt hinter einem schmiedeeisernen Tor ein schwarzes Mercedes-Cabrio parkte. Vermutlich war also doch jemand anwesend. Die Aussicht darauf beschleunigte ihren Herzschlag und ließ sie nach einer Parkbucht Ausschau halten.

Nachdem sie ihr Auto ein paar Meter weiter am Straßenrand abgestellt hatte, schlenderte sie langsam zurück. Dabei inspizierte sie die Nachbarschaft, taxierte die Autos in den Auffahrten und musterte verstohlen die hinter Hecken und Zäunen versteckten Häuser. Auf den ersten Blick hätte man sie für eine Touristin halten können.

Kurz bevor sie das Haus der Gutmanns erreicht hatte, entdeckte sie in einem der Vorgärten einen älteren Mann, der sie misstrauisch beäugte. Er trug einen tief in die Stirn gezogenen Strohhut und stützte sich auf einem Rechen ab. Leona überlegte, ob sie ihn ansprechen sollte, doch seine Körpersprache signalisierte Abwehr. Was sie in gewisser Weise verstehen konnte. Wer wusste schon, wer sich hier in den letzten Tagen alles die Klinke in die Hand gegeben hatte? Eine solche Story war schließlich ein gefundenes Fressen für Sensationsjournalisten. Also ging sie weiter. Das gesamte Gutmann-Anwesen machte einen gepflegten Eindruck. Militärisch kurzer Rasen, jede Blume und jeder sorgfältig gestutzte Busch schien Teil eines Ganzen zu sein, das sich in ein harmonisches Gesamtbild einfügte. Mit einem Wort: Es war perfekt. Fast zu perfekt für Leonas Geschmack. Je länger sie das Anwesen betrachtete, desto größer wurde der Wunsch, mehr über die Menschen zu erfahren, die hinter den Mauern dieser perfekten Fassade lebten. Denn dass es sich nur um eine Fassade handeln konnte, war ihr von vornherein klar. Leona dachte dabei insbesondere an die Hausherrin, die sie nur zu gerne einmal zu Gesicht bekommen hätte. Doch bislang war der in der Einfahrt geparkte Wagen das einzige Indiz dafür, dass überhaupt jemand anwesend war. Ein Blick auf die Uhr verriet Leona, dass es halb zwei war. Vielleicht hatte Frau Gutmann die Mittagspause genutzt, um kurz zu Hause vorbeizuschauen. Oder sie hatte heute frei. Aber das sollte sich herausfinden lassen.

Einem plötzlichen Impuls folgend, machte Leona kehrt und ging, begleitet von den grimmigen Blicken des noch immer auf seinen Rechen gestützten Nachbarn, zu ihrem Auto zurück. Sie hatte beschlossen, nach Bergen zu fahren und der Bank, in der Frau Gutmann arbeitete, einen Besuch abzustatten. Aufgrund des hochsommerlichen Wetters hielten sich die meisten Urlauber gerade am Strand auf und Leona kam zügig voran.

Nachdem sie ihr Auto am nordöstlichen Stadtrand von Bergen in der Nähe des auf dem Rugard gelegenen Ernst-Moritz-Arndt-Turms geparkt hatte, machte sie sich auf den Weg zum Marktplatz. Inzwischen ging es auf 14 Uhr zu. Der verführerische Duft, der ihr von einer Bäckerei entgegenwehte, rief Leona in Erinnerung, dass sie seit dem Frühstück nichts mehr gegessen hatte. Als hätte es dafür noch eines Beweises bedurft, begann ihr Magen zu knurren. Also lenkte sie ihre Schritte zum nächstgelegenen Café, wo sie sich an einem von Sonnenschirmen überdachten Tisch niederließ und sich einen Cappuccino sowie ein mit Tomate und Mozzarella belegtes Baguette bestellte. Während sie darauf wartete, ließ sie ihren Blick über den in der Hitze flirrenden Marktplatz mit seinen kunstvoll mit Giebeln und Türmchen verzierten Häusern schweifen.

Nachdem Leona sich gestärkt hatte, steuerte sie die schräg gegenüber der Marienkirche gelegene Filiale der Oseba-Bank an. Die Uhr am sogenannten Maklerhaus auf dem Marktplatz verriet ihr, dass es auf halb drei zuging. Vielleicht hatte sie ja Glück und traf Frau Gutmann an. Es konnte nie schaden, sich über günstige Geldanlagemöglichkeiten zu informieren. Schließlich handelte es sich bei der Oseba um eine börsennotierte Privatbank. Allein die prachtvolle Fassade des Jugendstilgebäudes, auf der in goldenen Lettern der Schriftzug der Bank prangte, zeugte von Wohlstand und Erfolg. Der Eindruck verstärkte sich, als Leona durch eine Drehtür die klimatisierte Eingangshalle betrat, in der sie ein Traum aus Marmor, Messing und Kristall erwartete. Beeindruckt steuerte sie einen der Schalter an.

»Wie kann ich Ihnen helfen?«, erkundigte die Angestellte sich, deren Namensschild sie als Frau Paulsen auswies, mit einem entwaffnenden Lächeln. Sie hatte schulterlanges schwarzes Haar und große strahlend blaue Augen.

Leona räusperte sich. »Ich würde gerne mit Frau Gutmann sprechen.« Als hätte sie mit ihren Worten einen Schalter umgelegt, verschwand das Lächeln aus dem Gesicht der jungen Frau für einen winzigen Moment. Dann gewann die Professionalität die Oberhand zurück. »Haben Sie einen Termin?«

Leona zögerte. »Das nicht, aber ...«

»Tja dann ...« Die Angestellte taxierte sie mit schief gelegtem Kopf. »Ich nehme an, es geht um eine Geldanlage?«

Auf Leonas Nicken hin ließ die junge Frau ihre Finger über die Tastatur ihres Computers gleiten. »Tut mir leid. Ich sehe keine Möglichkeit, Sie heute noch einzuschieben. Ich könnte Ihnen aber einen Termin bei Herrn Albr...«

»Nein danke«, wehrte Leona ab. »Ich möchte zu Frau Gutmann.«

»Wie wäre es mit nächstem Mittwoch, 16 Uhr?«, erkundigte die Angestellte sich nach einem Blick in den Computer.

Leona stimmte zu.

»Gut, dann trage ich Sie ein. Wenn Sie mir bitte Ihren Namen nennen würden?« Jetzt war es wieder da, das strahlend unverbindliche Lächeln.

»Pirell«, sagte Leona.

Die Bankangestellte riss die Augen auf, um sie für

einen Moment lang wie eine Erscheinung aus einer anderen Welt anzustarren. »Leona?«, vergewisserte sie sich ungläubig.

Ein erstauntes Nicken bestätigte ihre Vermutung.

»Ich dachte gleich, das Gesicht kennst du von irgendwoher«, sprudelte es aus ihr hervor. Sie beugte sich ein wenig nach vorn, damit sie Leona besser in Augenschein nehmen konnte. »Es ist zwar eine ganze Weile her, aber vielleicht erinnerst du dich ja? Ich bin's, Gaby, Gaby Paul ... äh ... Seifert.«

Leonas Reaktion ließ nicht lange auf sich warten. »Gaby?«, wiederholte sie verblüfft. »Das gibt's doch nicht! Was treibt dich denn nach Rügen?«

»Das ist eine lange Geschichte.« Plötzlich mussten sie beide lachen und das Eis war gebrochen. »Wie sieht's aus?« Gaby sah auf ihre Armbanduhr. »Wollen wir einen Kaffee trinken? Ich hab in einer halben Stunde Feierabend.«

Im Nachhinein konnte Leona sich nicht mehr genau erinnern, wie sie die Bank verlassen und in das von Gaby vorgeschlagene Restaurant gelangt war. Sie wusste nur noch, dass sie die ganze Zeit über gedacht hatte, es müsse Vorsehung gewesen sein, dass sie ihr ausgerechnet hier und heute wieder begegnet war. Dabei war Gaby einmal ihre beste Freundin gewesen. Während Leona an ihrer Zitronenlimonade nippte, dachte sie an die gemeinsame Zeit zurück. Gaby – deren Namen sie bis heute mit ihrem großen Idol, der Eislauflegende Gabriele Seyfert, verband – war auf einem Bauernhof aufgewachsen, der an das Grundstück von Leonas Großeltern grenzte. Die beiden gleichaltrigen Mädchen hatten fast jedes Wochenende, später dann auch die Sommerferien miteinander verbracht. Plötzlich stand ihr wieder jener Tag vor Augen, an dem Gaby und sie sich in das ausladende Geäst des knorrigen alten Kirschbaums geschwungen hatten, der die Grenze zwischen den beiden Grundstücken bildete. Die Sonne hatte von einem wolkenlosen Himmel auf sie herabgeschienen, während sie sich genüsslich eine Kirsche nach der anderen in den Mund geschoben hatten. Leona konnte sich nicht daran erinnern, jemals etwas Köstlicheres gegessen zu haben. Sie seufzte. Was für herrlich unbeschwerte Zeiten das gewesen waren! Damals, als sie noch Kinder waren und das Leben ihnen wie ein einziges großes Abenteuer vorgekommen war. Leona rechnete nach. Inzwischen war fast ein Vierteljahrhundert vergangen, seit sie sich in den Wirren der Wendezeit aus den Augen verloren hatten. Gaby war mit ihrer Familie kurz vor dem Mauerfall über Ungarn in den Westen geflüchtet.

»Schön, dass du dir die Zeit genommen hast«, holte Gabys Stimme sie in die Gegenwart zurück. Leona war so in ihre Erinnerungen vertieft gewesen, dass sie nicht bemerkt hatte, wie ihre Freundin das Lokal betreten und sich ihrem Tisch genähert hatte. Wenig später waren die beiden Frauen bei Kaffee und Kuchen in ein intensives Gespräch über ihre Kindheit verwickelt. Und darüber, wie es ihnen nach der Wende ergangen war. Trotz all der vergangenen Zeit war noch immer ein Rest der alten Vertrautheit zwischen ihnen zu spüren. Gaby, so erfuhr Leona zwischen zwei Schlucken Kaffee, hatte es nach Stuttgart verschlagen, wo sie nach der Schule eine

Banklehre abgeschlossen hatte. Vor drei Jahren dann hatte sie während eines Ostseeurlaubs ihren heutigen Mann kennengelernt. Er stammte aus Bergen, wo er eine kleine Schreinerei betrieb. So war Gaby letztendlich auf Rügen gelandet. Danach war Leona an der Reihe, über ihr Leben zu berichten. Gaby staunte nicht schlecht, als sie hörte, dass ihre Freundin sich ihre Brötchen als Rechtsmedizinerin verdiente.

»Das wäre nichts für mich«, bekannte sie offen. »Aber zumindest scheint man davon ganz gut leben zu können«, spielte sie auf den Grund für ihr Wiedersehen an. »Ich wusste gar nicht, dass du Kunde bei uns bist.«

Ihre Freundin spießte ein Stück Streuselkuchen auf ihre Gabel. »Bin ich auch nicht.«

»Nicht?«, wunderte Gaby sich. »Weshalb wolltest du dann zu Alexa Gutmann?«

Leona betrachtete sie nachdenklich. »Kannst du ein Geheimnis bewahren?«

Gabys Augen leuchteten auf. »Aber sicher.«

»Also gut. Weswegen ich zu Frau Gutmann wollte, hat weniger damit zu tun, was sie macht, sondern wer sie ist.«

Gaby rutschte ungeduldig auf ihrem Stuhl hin und her. »Wer sie ist?«

»Na, was für ein Mensch!«

Statt etwas darauf zu erwidern, schob Gaby sich noch etwas Kuchen in den Mund. Plötzlich wirkte sie angespannt. »Warum willst du das denn wissen?«

»Wegen ihres Mannes.«

Gaby runzelte die Stirn. »Soviel ich weiß, ist der tot.« Sie stockte. »Ermordet …«

»Genau darum geht es«, sagte Leona und kam auf Doktor Bissati und die gegen ihn erhobenen Anschuldigungen zu sprechen. »Ich kann mir einfach nicht vorstellen, dass er zu einer solchen Tat fähig sein könnte.«

Gaby beugte sich interessiert nach vorn. »Dann hältst du es also für möglich, dass Frau Gutmann gelogen hat?«

»Keine Ahnung.« Leona zuckte mit den Schultern. »Deshalb war ich ja heute bei euch. Um mir mit eigenen Augen ein Bild von ihr zu machen.« Sie warf Gaby einen Hilfe suchenden Blick zu. »Hältst du es denn für möglich? Ich meine, ihr seid schließlich Kollegen.«

Ihre Frage schien Gaby unangenehm zu berühren. »Nun, also … ich glaube nicht, dass ich dir da weiterhelfen kann«, druckste sie herum. »Ihr Privatleben, falls sie denn wirklich eins hat, war jedenfalls nie ein Thema.«

»Was willst du damit sagen?«, hakte Leona nach.

»Dass ihr Leben sich fast ausschließlich in der Bank abspielt. Sie ist morgens die Erste, die kommt, und abends die Letzte, die geht.«

Ihre Worte ließen Leona aufhorchen. »Klingt nach einem typischen Workaholic.«

»Das kannst du laut sagen!«, bestätigte Gaby. »Noch dazu mit einem ausgeprägten Kontrollzwang.« Der Seufzer, den sie dabei ausstieß, sagte mehr als tausend Worte.

»Du Ärmste«, entgegnete Leona mitfühlend.

»Halb so schlimm«, wiegelte Gaby ab. »Inzwischen hab ich mich daran gewöhnt und weiß damit umzugehen. Zumindest versuche ich es«, schränkte sie ein.

»Klingt, als ob das ziemlich anstrengend wäre.«

»Das Problem ist halt, dass man nie weiß, wie sie sich verhalten oder reagieren wird.«

»Was willst du damit sagen?«

»Dass ihre Stimmung oft ohne ersichtlichen Grund von einem Extrem ins andere wechselt. Da reicht oft eine Kleinigkeit, ein falsches Wort oder ein Blick, und man hat das Gefühl, als würde bei ihr ein Schalter umgelegt.«

»Du meinst, dann rastet sie aus?«, vergewisserte Leona sich.

Über Gabys Gesicht huschte ein Schatten. »Darüber möchte ich lieber nicht sprechen.«

»Warum nicht?«

»Bitte versteh doch, ich … ich will einfach nicht …«, antwortete sie ausweichend.

»Was? Bei ihr in Ungnade fallen?«, versuchte Leona sie aus der Reserve zu locken.

Statt etwas zu erwidern, biss Gaby sich auf die Unterlippe.

»Du scheinst ja ganz schön Respekt vor ihr zu haben. Ist sie wirklich so schlimm?«

»Schlimm ist wohl kaum der richtige Ausdruck.«

»Sondern?«

»Ich … Unberechenbare Menschen haben mir schon immer Angst eingejagt«, gestand Gaby zögerlich.

»Angst?« Leona spürte, wie es zwischen ihren Schulterblättern zu kribbeln begann.

»Hört sich verrückt an, wie?«

»Die Welt ist voller Verrückter.«

Mit einem nachdenklichen Nicken hob Gaby die Hand und fuhr mit dem Zeigefinger über den Rand ihrer Kaffeetasse. »Ich ... nun ... ich kann es mir selbst nicht so recht erklären«, bekannte sie verlegen. »Es ist mehr so ein Gefühl. Aber vielleicht sehe ich auch nur Gespenster.« Sie wirkte verunsichert.

»Sprich doch weiter«, bat Leona.

»Also gut. Wie ich dich kenne, gibst du ja eh keine Ruhe.« Gaby seufzte. »Aber sag hinterher nicht, ich hätte dich nicht gewarnt.«

»Keine Sorge. Ich möchte einfach nur verstehen, woher dieser Eindruck bei dir stammt.«

»Es geht dabei um eine Szene, deren Zeuge ich durch Zufall geworden bin«, eröffnete Gaby ihr.

Ihre Stimme war so leise, dass Leona sich nach vorn beugen musste, um sie zu verstehen. »Worum ging es?«, erkundigte sie sich.

»Um eine Lappalie.« Gaby machte eine wegwerfende Handbewegung. »Einen Buchungsfehler. Ich war auf dem Weg zu Frau Gutmanns Büro. Die Tür war angelehnt. Ich wollte gerade anklopfen, als ich merkte, dass sie nicht allein war. Durch den Türspalt konnte ich ihr Gesicht sehen. Ich kenne sie seit Jahren, aber in diesem Moment sah sie völlig anders aus.«

Plötzlich war Leona hellwach. »Wie meinst du das?«

»Ihr Gesicht ... nun ...«, Gaby schien nach einer passenden Beschreibung zu suchen, »es hatte einen anderen Ausdruck. Ihre Gesichtszüge waren starr«, sie überlegte kurz, »wie eingefroren. Dazu die Stimme. Normalerweise hat sie eine weiche, angenehme Stimme. Doch in dem Moment klang sie seltsam seelenlos. Nein«, verbesserte Gaby sich, »nicht nur seelenlos, sondern regelrecht furchteinflößend. Genauso wie das, was meine

Kollegin sich von ihr anhören musste. Ich hoffe, du zwingst mich nicht, wiederzugeben, was sie gesagt hat. Es war …«, Gabys Unterlippe begann zu beben. Für einen Moment sah es so aus, als wollte sie noch etwas hinzufügen. Stattdessen wischte sie sich eine vorwitzige Haarsträhne aus dem Gesicht.

»Verstehe«, sagte Leona.

»Wirklich?«

Sie nickte gedankenversunken. Was Gaby gesagt hatte, klang ganz danach, als hätte sie es mit einer gespaltenen Persönlichkeit zu tun. »Du hast nicht zufällig ein Bild von ihr?«, erkundigte sie sich aus einem Impuls heraus.

»Ich denke doch.« Gaby holte ihr Smartphone hervor. Es dauerte eine Weile, bis sie fand, wonach sie gesucht hatte. »Das hier ist sie. Die Aufnahme stammt von unserer letzten Weihnachtsfeier.«

Während Gaby den betreffenden Ausschnitt vergrößerte, beugte Leona sich gespannt nach vorn. Was sie zu sehen bekam, verschlug ihr für einen Moment die Sprache. Die Frau auf dem Display war von geradezu engelsgleicher Schönheit. Alexa Gutmann hatte blondes kinnlanges Haar, das ihr schmales, von großen grauen Augen dominiertes Gesicht wie einen Heiligenschein umgab. Der zu einem Lächeln verzogene Mund entblößte eine Reihe makelloser Zähne. Ohne sich dessen bewusst zu sein, hatte sich auf Leonas Stirn eine steile Falte gebildet. Irgendwie wirkte Alexa Gutmann surreal. Wie ein perfekt in Szene gesetztes Kunstwerk, dem es an Lebendigkeit fehlte.

»Sie sieht umwerfend schön aus«, bemerkte Leona fast schon andächtig.

»Stimmt«, bestätigte Gaby, nur um ihr im gleichen Atemzug zu versichern, dass Alexa Gutmann das wisse und für ihre Zwecke auszunutzen verstehe. »Sie beherrscht das Spiel mit ihrem Äußeren perfekt. Was ihr natürlich vor allem bei den Herren der Schöpfung zugutekommt.«

Leona musste an Bissati denken und an die von Alexa Gutmann erhobenen Anschuldigungen. »Soll das etwa heißen …?«

»Das soll gar nichts heißen. Ich will damit nur sagen, dass sie mühelos die gesamte Bandbreite von schwach und hilflos bis hin zu unbeugsam und hart beherrscht. Je nachdem, wie es ihr gerade in den Kram passt.« Gaby besann sich einen Moment. »Apropos hart, fällt dir an dem Bild etwas auf?«

»Sieht irgendwie gekünstelt aus«, bemerkte Leona nachdenklich.

»Man könnte auch unecht sagen«, pflichtete Gaby ihr bei. »Und weißt du warum?«

Leona schüttelte den Kopf. »Nicht wirklich.«

»Nicht? Dann schau dir mal ihre Augen an. Sie sind von ihrem Lächeln völlig unberührt.«

Es dauerte einen Moment, bis Leona es erkannte, bis sie trotz der verpixelten Aufnahme sah, was Gaby meinte: Alexa Gutmanns Blick war kalt und unbeteiligt, ihre granitgrauen Augen ohne jeden Funken Lebendigkeit.

»Das«, bemerkte Gaby, »ist mir erst mit dieser Aufnahme so richtig klar geworden. Ich …« In diesem Moment begann Gabys Smartphone zu vibrieren. Statt weiterzureden, schlug sie sich mit der Hand gegen die

Stirn. »Ach du liebe Zeit! Jetzt hätte ich doch glatt meinen Termin vergessen.«

Leonas alte Freundin griff nach ihrem Mobiltelefon, um die Erinnerungsfunktion zu deaktivieren.

»Zum Glück gibt es Handys.« Gaby warf einen gehetzten Blick auf ihre Armbanduhr. »Tut mir leid, aber ich muss los.« Sie erhob sich. »War schön, mit dir zu reden.« Schon halb im Gehen begriffen, drehte sie sich noch einmal um. »Hier, für dich.« Sie fingerte eine Visitenkarte aus ihrer Handtasche und schob sie über den Tisch. »Damit du weißt, wie du mich erreichen kannst, wenn du mal wieder Lust auf einen Plausch hast.« Damit war sie auch schon verschwunden.

9. KAPITEL

Es ging auf 17 Uhr zu, als Leona die am Markt gelegene Gaststätte verließ und sich auf den Heimweg machte. Während sie ihr Auto durch den Feierabendverkehr lenkte, ließ sie die letzten Stunden in Gedanken Revue passieren. Durch Gabys Schilderung erschien das, was sie von Peer erfahren hatte, in einem völlig neuen Licht. Leona war auf sein Gesicht gespannt, wenn sie ihm davon erzählen würde. Wie sie Peer kannte, würde es bestimmt nicht leicht werden, ihn davon zu überzeugen, dass er sich in Gutmanns Frau getäuscht hatte. Davon, dass sie nicht die war, die Peer in ihr zu sehen glaubte. Wenn es ihr gelang, Peer klarzumachen, dass sie in Hinblick auf Bissati gelogen haben könnte, wäre das ein guter Anfang. Sollte das stimmen, würde das Bissati nicht nur entlasten, sondern gleichzeitig Alexa Gutmann ins Visier der Ermittlungen rücken. Womit sich das nächste Problem auftat. Leona konnte sich beim besten Willen nicht vorstellen, wie Alexa Gutmann es angestellt haben sollte, die Brücke ihres Mannes mit dem tödlichen Gift zu präparieren. Dazu war Fachwissen nötig.

In diesem Moment tauchte das Ortseingangsschild von Lobbe vor ihr auf und rief ihr in Erinnerung, dass sie es gleich mit einem weiteren Problem zu tun bekommen würde. Nachdem Bruhns bei ihr eingestiegen war, hatte sie Peer darum gebeten, das Haustürschloss in ihrer Abwesenheit austauschen zu lassen. Nun hatte sie zwar ein neues Schloss, aber keinen Schlüssel. Den hatte Peer. Der war natürlich alles andere als erfreut, als Leona kurz darauf vor seiner Haustür stand. Mit den Worten »Was willst du denn hier?« empfing er sie statt einer Begrüßung. »Ich dachte, wir haben eine Vereinbarung?«

Er hatte noch gar nicht ganz ausgesprochen, als Marlies hinter ihm in der Tür erschien und ihn beiseiteschob. »Empfängt man so seine Freunde?«, übernahm sie kurzerhand die Regie und bat Leona herein. »Wie geht es dir?«, erkundigte sie sich besorgt.

»Gut«, log Leona, »und dir?«

»Ausgezeichnet!« Mit einem glücklichen Lächeln strich Marlies sich über den Bauch. »Ich war heute mit Peer beim Arzt.« Sie zog Leona hinter sich her in die Küche und drückte sie auf einen der Stühle. »Schau mal«, sagte sie und hielt ihr freudestrahlend ein Ultraschallbild unter die Nase. »Das da ist unser Kleiner!«

Leona schluckte ein paarmal. Ihre Kehle war wie zugeschnürt. »Kleiner?«, erkundigte sie sich mit belegter Stimme. »Dann wisst ihr also schon, dass es ein Junge wird?«

»Sieht ganz danach aus«, meldete Peer sich mit vor Stolz geschwellter Brust von der Tür her zu Wort.

»Jetzt tu nur so, als ob das dein alleiniger Verdienst wäre«, verpasste Marlies ihm in gespieltem Ernst einen Dämpfer. »Apropos Verdienst: Wir waren danach noch in der Gemeindeverwaltung, um das Aufgebot zu bestellen.«

Leona zwang sich zu einem Lächeln. »Wann ist es denn so weit?«, erkundigte sie sich.

»Am 26. August.«

»Das sind nicht einmal mehr vier Wochen«, entfuhr es Leona. »Ist das nicht etwas überstürzt?«

Ihre Frage ließ Marlies erröten. »Man muss es mir ja nicht gleich ansehen, dass ich in anderen Umständen bin. Nicht, dass ich ein Problem damit hätte«, stellte sie klar. »Aber besser ist besser. Du kennst ja die Leute und weißt, wie sie ticken.«

Ihre Worte überraschten Leona. Sie hatte immer das Gefühl gehabt, Marlies sei darüber erhaben, was andere über sie dachten. Anscheinend hatte sie sich getäuscht.

»Der Entbindungstermin ist schließlich schon Anfang Dezember«, riss Marlies sie aus ihren Überlegungen.

»Anfang Dezember?« Leona rechnete schnell nach. »Dann bist du jetzt im vierten Monat.«

»Deshalb haben wir es ja so eilig«, ergänzte Marlies. »Apropos eilig«, sie sah zu Peer hinüber. Wie um sich zu vergewissern, dass das, was sie sagen wollte, seine Zustimmung fand. »Wir planen nur eine kleine Feier und würden uns sehr freuen, wenn du unsere Trauzeugin sein könntest.«

Leonas Mund fühlte sich mit einem Mal ganz trocken an. »Gerne«, würgte sie mit rauer Stimme hervor und betrachtete dabei sehnsüchtig das halb volle Wasserglas, das auf der Anrichte stand.

Als hätte Marlies ihre Gedanken erraten, holte sie eine Wasserflasche und ein Glas. »Hier, nimm erst mal einen Schluck«, sagte sie und schenkte ihr ein. »Du klingst heiser.«

»Das ist lieb von dir«, bedankte Leona sich.

»Keine Ursache.« Marlies schnappte sich einen neben der Tür stehenden Wäschekorb. »Ich lass euch dann mal allein«, sagte sie und verließ die Küche.

Sie war noch nicht ganz zur Tür hinaus, als Peer sich von der Wand abstieß und auf Leona zuging. Seine Miene war ernst. »Ich dachte, du liegst noch flach?«, kam er auf ihren Schwächeanfall zu sprechen. Er zog sich einen Stuhl heran und setzte sich ihr gegenüber.

»Geht schon wieder.« Ihre Antwort brachte ihr einen missbilligenden Blick ein.

»Klar doch! Sonst wärst du ja nicht hier.« Peers vor Sarkasmus triefende Stimme versetzte Leona einen schmerzhaften Stich. Sie setzte das Wasserglas an ihre Lippen und trank es in gierigen Zügen aus. »Ich hab's in Greifswald einfach nicht mehr ausgehalten.«

»Ach ja?« Peer legte den Kopf schief und musterte sie aus zusammengekniffenen Augen. »Wie ich dich kenne, ist das nicht alles.«

Statt etwas darauf zu erwidern, schenkte Leona sich nach. »Stimmt«, sagte sie. »Ich bin noch aus einem anderen Grund hier.«

»Und der wäre?«

»Ich wollte mir ein Bild von Alexa Gutmann machen«, erwiderte sie wahrheitsgemäß.

Das war definitiv nicht die Antwort, die Peer hören wollte. Leona konnte es ihm vom Gesicht ablesen. »Bist du sauer?«

»Selbst wenn. Du gibst ja doch nicht eher Ruhe, bis du dein Ziel erreicht hast.« Seine Missbilligung war nicht zu überhören.

Insgeheim musste sie ihm recht geben. »Willst du denn gar nicht wissen, was ich dabei herausgefunden habe?«

»Also gut«, gab Peer sich mit einem resignierten Seufzer geschlagen. »Lass hören.«

Nachdem Leona ihm eine kurze Zusammenfassung geliefert hatte, herrschte für einen Moment lang betretenes Schweigen. Peer war deutlich anzusehen, dass ihm nicht gefiel, was Leona in Erfahrung gebracht hatte. »Selbst wenn ich mich in ihr getäuscht haben sollte«, räumte er widerwillig ein, »heißt das noch lange nicht, dass sie gelogen, geschweige denn etwas mit dem Tod ihres Mannes zu tun hat.«

»Trotzdem wäre es sicher kein Fehler, Gutmanns Witwe gründlich zu durchleuchten«, beharrte Leona. »Wer weiß, vielleicht stößt du dabei auf einen Hinweis, der uns zum Mörder ihres Mannes führt.«

Während Peer versprach, sich darum zu kümmern, kehrte Marlies mit einem Bund frischer Kräuter in der Hand in die Küche zurück. »Stör ich?«

Um einen fröhlichen Gesichtsausdruck bemüht, schüttelte Leona den Kopf. »Ich wollte gerade los.« Sie schob ihren Stuhl zurück und erhob sich. Im Gehen begriffen fiel ihr noch etwas ein. »Jetzt hätte ich doch fast vergessen, weshalb ich hergekommen bin«, sagte sie und bat Peer um den Hausschlüssel.

Wie nicht anders zu erwarten, stieß ihre Bitte auf wenig Gegenliebe: »Hast du etwa vor, über Nacht zu bleiben?«

Leona nickte. »Ich wüsste nicht, was dagegenspricht. Es ist schließlich mein Zuhause.«

»Du könntest bei uns schlafen«, schlug Marlies vor.

Leona schenkte ihr ein dankbares Lächeln. »Das ist zwar lieb gemeint, aber ich will euch keine Umstände machen.« Und ich will dich und dein ungeborenes Kind nicht in Gefahr bringen, fügte sie in Gedanken hinzu.

»Das sind doch keine Umstände«, fegte Marlies ihren Einwand mit einer energischen Handbewegung beiseite. »Ich könnte ohnehin kein Auge zutun, solange dieser Verrückte …«

»Keine Sorge, mir passiert schon nichts«, versuchte Leona ihre Bedenken zu zerstreuen.

»Natürlich nicht, wie auch?«, empörte Peer sich. »Wie ich Bruhns kenne, wartet der doch nur auf die nächste Gelegenheit. Oder hast du vergessen, wozu er fähig ist?«

Leona schüttelte den Kopf. Was hätte sie darauf antworten sollen? Ihr Schweigen zeigte Peer, dass es sinnlos war, sie umstimmen zu wollen.

»Wenn du schon nicht davon abzuhalten bist, dann lass mich dir wenigstens einen Streifenwagen vorbeischicken.« Er zückte sein Handy, ohne Leona eines weiteren Blickes zu würdigen.

Für einen Moment sah es so aus, als wollte Marlies noch etwas hinzufügen. Sie hatte den Mund geöffnet, schloss ihn dann aber wieder, um sich mit einem resignierten Seufzen ihrem Küchenschrank zuzuwenden. Leona sah, wie sie eine der Türen öffnete und eine Pfanne herausholte. »Es gibt gleich Abendessen«, verkündete sie. »Das gilt auch für dich«, sagte sie zu Leona.

»Danke, aber ich …«

»Nichts aber!« Um ihren Worten Nachdruck zu verleihen, ging Marlies zu ihr und legte ihr eine Hand auf die Schulter, um sie zurück zum Stuhl zu lotsen. »Ich würde mich wirklich freuen, wenn du uns Gesellschaft leistest. Außerdem könnten wir bei der Gelegenheit gleich ein paar Details wegen der Hochzeit bereden.« Ihre Bestimmtheit machte Leona deutlich, dass es besser war, nicht zu widersprechen. Also nahm sie wieder Platz.

Es war gegen 21 Uhr, als Leona sich mit der Ermahnung, gut auf sich achtzugeben, auf den Heimweg machte. Obwohl sie schon von Weitem den von Peer angeforderten Streifenwagen vor ihrem Grundstück stehen sah, wäre sie am liebsten auf der Stelle wieder umgekehrt, um Marlies' Angebot doch anzunehmen. Das hatte sie nun von ihrem Dickkopf.

Bevor sie der Mut endgültig verließ, hielt sie neben dem in der Zufahrt geparkten Streifenwagen, ließ die Fensterscheibe herunter und wechselte ein paar belanglose Worte mit dem Beamten.

Kurz darauf stand sie vor ihrer Haustür und ließ den Schlüssel, den Peer ihr beim Abschied überreicht hatte, ins Schloss gleiten.

Obwohl die Sicherheitsfirma ganze Arbeit geleistet hatte, wollte Leonas Anspannung einfach nicht weichen. Es war ein komisches Gefühl, in das leere Haus zurückzukehren. Dabei war es weniger die Einsamkeit, die ihr zusetzte, als die Ungewissheit. Was würde sie erwarten? Wie sich zeigen sollte, stellten ihre Bedenken sich als unbegründet heraus. Nachdem Leona jeden

Winkel des Erdgeschosses inspiziert hatte, machte sie sich auf den Weg nach oben.

Während sie die Treppe hinaufstieg, verspürte sie plötzlich den unbändigen Drang, sich unter die Dusche zu stellen. Vielleicht würde sie das auf andere Gedanken bringen.

Oben angekommen, kontrollierte sie zuerst alle Räume und ging dann ins Schlafzimmer, um sich ein frisches Badehandtuch aus dem Schrank zu holen. Dabei streifte ihr Blick das Bett. Es sah genauso aus, wie sie es verlassen hatte. An jenem Morgen, bevor Bruhns in ihr Haus eingedrungen war, um es mit seiner Anwesenheit von einem Zuhause in einen unsicheren Ort zu verwandeln. Leona spürte, wie ihr Magen sich verkrampfte. Ehe sie wieder klar denken konnte, hielt sie das Kopfkissen in der Hand und zerrte am Reißverschluss. Sobald auch das restliche Bettzeug abgezogen und in die Waschmaschine geworfen war, begann sie damit, das Haus von oben bis unten zu saugen und zu wischen. Am Ende blieb kein Fleckchen übrig, das nicht von ihr gereinigt worden wäre. Sie wollte jede noch so kleinste Spur von Bruhns vernichten. Es war fast Mitternacht, als Leona sich endlich unter die Dusche stellte. Danach sank sie erschöpft in ihr frisch bezogenes Bett und fiel in einen unruhigen Schlaf.

10. KAPITEL

Die nächsten Tage verbrachte Leona damit, ihre bisherigen Erkenntnisse über Bruhns mit den Informationen abzugleichen, die Peer ihr zur Verfügung gestellt hatte. Es reichte ihr nicht mehr, nur zu wissen, dass die Polizei nach ihm fahndete. Sie wollte selbst dafür sorgen, dass er endlich gefasst wurde. Deshalb war sie nach Rügen gekommen. In der Hoffnung, irgendwo in seiner Vergangenheit auf einen Hinweis zu stoßen, der Auskunft über seinen derzeitigen Aufenthaltsort gab. Leona konnte und wollte einfach nicht glauben, dass er von Rügen verschwunden war, ohne Spuren zu hinterlassen.

Sie hatte dazu auch nochmals ihre Nachbarin Berit Zwill befragt. Schließlich kannte sie Bruhns besser als die meisten anderen, denn Berits verstorbener Mann hatte jahrelang mit ihm zusammengearbeitet. Berit hatte deshalb auch der Polizei den entscheidenden Hinweis auf die Hütte im Nonnenloch geben können, in die Leona von Bruhns verschleppt worden war, und so ihr Leben gerettet. Dabei hatte Berit bis dahin selbst als Hauptverdächtige im Visier der polizeilichen Ermittlungen gestanden. Um ihren Irrtum wiedergutzumachen, hatten Peer und seine Kollegen zusammengelegt und Berit mit ihrer Tochter Katharina einen mehrwöchigen Urlaub in Österreich ermöglicht, der noch bis zum Ende der Schulferien andauerte. Leona wusste, dass ihre Nachbarin sich sofort bei ihr melden würde, wenn ihr noch etwas einfiel. Immerhin hatte Leona den Mord an ihrem Mann aufgeklärt und sie damit rehabilitiert. Auch wenn Leona dabei nicht immer mit offenen Karten gespielt hatte. Aber das war zum Glück Schnee von gestern. Vergessen und vergeben. Um sich davon zu überzeugen, brauchte Leona sich nur ihr letztes Telefonat zu vergegenwärtigen. Berit hatte sich dabei nach dem neuesten Ermittlungsstand erkundigt. Obwohl sie meilenweit voneinander entfernt waren, hatte Leona ihre Besorgnis spüren können. Schließlich stand nicht nur ihre, sondern auch Berits Sicherheit auf dem Spiel. Und die ihres Kindes. Wer konnte schon wissen, wozu ein Psychopath wie Bruhns fähig war?

Plötzlich musste sie an Katharina denken und daran, wie verängstigt die Kleine bei ihrem letzten Zusammentreffen gewirkt hatte. Insofern war es sicher kein Fehler, dass ihre Nachbarn für eine Weile verreist waren. Es gab Augenblicke, da war Leona versucht, ihrem Beispiel zu folgen: die Koffer zu packen und sich ins Auto zu setzen, um für eine Weile alles hinter sich zu lassen. Doch immer, wenn dieser Wunsch übermächtig zu werden drohte, führte sie sich vor Augen, was sie bei ihrer Rückkehr erwarten würde. Sie war einfach nicht der Typ, der den Kopf in den Sand steckte, um abzuwarten, bis die Gefahr vorbei war. Sie war eine Kämpfernatur. Genau wie Henning. Der hatte auch keinen Konflikt gescheut, wenn es darum ging, der Gerechtigkeit zum Sieg zu verhelfen. Das hatte ihn am Ende sogar das Leben gekostet. Der Gedanke stimmte sie traurig, doch Leona hatte nicht vor, sich davon abschrecken zu lassen. Sie würde ihr Schicksal selbst in die Hand nehmen. Auch wenn sie sich damit nicht nur Freunde machte. Sie brauchte bloß an Peers Reaktion zu denken, als sie ihn um Einblick in die Ermittlungsakte über Bruhns gebeten hatte. Aber so war Peer nun einmal, stur und stets darauf bedacht, sie vor allem zu schützen. Leona würde ihn nicht ändern. Sie war schon froh, dass er sich ihrer Bitte nicht verschlossen hatte. Auch wenn die Unterlagen sie bislang keinen Schritt weitergebracht hatten. Es gab zwar eine Reihe von Hinweisen. Jedoch keine heiße Spur.

Auf Basis der Unterlagen hatte sie sich eine Liste erstellt, auf der nun nur noch ein einziger Name stand, den sie noch nicht überprüft hatte. Der Mann hieß Klaus Stollberg und hatte eine Zeit lang in einem von Bruhns und Enoch Zwill, Berits ermordetem Ehemann, betriebenen Fahrradladen gearbeitet. Sie rief ihn an und fand heraus, dass er in Stralsund wohnte. Obwohl er sich anfangs abweisend und wortkarg gab, gelang es Leona, ein Treffen mit ihm zu vereinbaren.

Während sie sich Ort und Zeitpunkt notierte, kam ihr eine Idee, deren Umsetzung sie lediglich einen Blick ins Telefonbuch kostete. Die großformatige Anzeige, mit der das Taxiunternehmen Gutmann und Schödel aus Binz für seine Dienste warb, war nicht zu übersehen. Ohne lange zu überlegen, wählte Leona die angegebene Nummer. Wenig später hatte sie Gutmanns Geschäftspartner am Apparat. Ihr Plan sah vor, sich von ihm am nächsten Tag nach Stralsund fahren zu lassen.

Die Fahrt würde zwar nicht billig werden, doch sie erhoffte sich ein paar Informationen von Schödel. Und sie behielt recht. Es kostete sie einiges an Überredungskunst, Gutmanns Kompagnon zum Reden zu bewegen. Doch als er erst einmal in Fahrt war, lief es wie von selbst. Sie hatten noch nicht einmal die Hälfte des Weges hinter sich gebracht, als Leona bereits alles über ihn zu wissen schien. Schödel, der mit Vornamen Lutz hieß, wohnte in Göhren und hatte sich gerade von seiner Lebensgefährtin getrennt. Die Blicke, mit denen er Leona bedachte, ließen darauf schließen, dass er neuen Damenbekanntschaften gegenüber nicht abgeneigt war.

Bevor er das Thema vertiefen konnte, brachte Leona die Sprache auf Gutmann und erfuhr, dass die beiden Männer nach gemeinsam verbrachter NVA-Zeit zusammen auf einem Handelsschiff zur See gefahren waren. Als die DDR-Seefahrt nach der Wende abgewickelt worden war, hatten Tausende ihren Arbeitsplatz verloren. Ein Schicksal, das auch Gutmann und Schödel zuteilgeworden war. Um der drohenden Arbeitslosigkeit zu entgehen, hatten sie sich zusammengetan und das Taxiunternehmen gegründet.

Inzwischen war Schödels Redefluss kaum noch zu stoppen. Leona musste ihn nur noch in die gewünschte Richtung lenken. Als sie wie beiläufig auf Alexa Gutmann zu sprechen kam, leuchteten seine Augen begehrlich auf, als würde er weit mehr als bloße Freundschaft für die Witwe empfinden. Ein Eindruck, der sich im Laufe des Gesprächs verstärkte. Kein Wunder, dass Gutmanns Tod ihm nicht sonderlich nahezugehen schien. Leona konnte sich des Eindrucks nicht erwehren, dass ihn die finanzielle Schieflage, in die Gutmanns Tod das Taxiunternehmen gebracht hatte, wesentlich mehr zu schaffen machte. Womöglich dachte er insgeheim darüber nach, wie er mit Gutmanns Witwe ins Geschäft kommen konnte. Und das nicht nur aus wirtschaftlichen Erwägungen. Die Art und Weise, wie er von ihr sprach, ließ erahnen, dass er sie gerne über den Tod ihres Mannes hinwegtrösten würde. Es war schon erstaunlich, was Mimik und Körpersprache über einen Menschen verrieten. Leona musste ihn nur ansehen, um zu erkennen, dass er bis über beide Ohren verknallt war. Auch wenn das kaum auf Gegenseitigkeit beruhen dürfte. Alexa Gutmann schien überhaupt ein sehr unnahbarer Mensch zu sein. Jemand, der selbst den eigenen Mann auf Distanz zu halten wusste. Schödel konnte sich jedenfalls nicht daran erinnern, die beiden jemals auch nur annähernd intim oder vertraulich erlebt zu haben. Nicht einmal am Tag ihrer Eheschließung. Kein Wunder, dass er bis heute nicht verstehen konnte, warum Alexa sich ausgerechnet für Gutmann entschieden hatte. Aus Liebe bestimmt nicht. Seinen Worten zufolge war Gutmann nicht der Typ, dem die Frauen nachliefen. Dazu sei er viel zu steif und konservativ gewesen.

Offensichtlicher hätte er seinen Neid und seine Missgunst nicht zum Ausdruck bringen können. Also schätzte Leona ihn richtig ein: Schödel war eifersüchtig. Eifersüchtig auf Gutmann. Aber war er auch eifersüchtig genug gewesen, um einen Mord zu begehen?

Je länger Leona darüber nachdachte, desto mehr Fragen drängten sich ihr auf. Konnte es sein, dass Alexa sich einfach nur nach einem Mann gesehnt hatte, der sie beschützte? Nach jemandem, der keine überflüssigen Fragen stellte und sich mit dem begnügte, was sie ihm zugestand? Auch wenn das im Gegensatz zu dem, was Gutmann ihr zu geben bereit war, nicht allzu viel gewesen sein dürfte. Schödel wusste zu berichten, dass die beiden sich in Binz kennengelernt hatten. Alexa war von drei angetrunkenen Jugendlichen angepöbelt worden. Das Ganze hatte sich auf dem Bahnhofsvorplatz abgespielt. Gutmann, der in seinem Taxi auf Fahrgäste gewartet hatte, war Zeuge der Szene geworden und ihr zu Hilfe geeilt. Er hatte noch nie wegsehen können, wenn jemand in Bedrängnis war. Erst recht nicht bei einer Frau wie Alexa. Sie hatte ihn derart beeindruckt, dass er sie unbedingt wiedersehen wollte.

Das Wiedersehen fand noch am selben Abend im Rahmen eines romantischen Abendessens statt. Drei Monate später traten sie gemeinsam vor den Traualtar. Ohne es zu wollen, hatte Schödel Leona damit die Steilvorlage für ihre nächste Frage geliefert. Es brauchte schließlich nicht allzu viel Fantasie, um sich auszumalen, welche Ehe die beiden geführt hatten. Schödel sprach von einer Zweckgemeinschaft, in der jeder sein Leben lebte. Allein die Tatsache, dass er das so unverblümt beim Namen nannte, ließ tief blicken. Zumal seine Worte nur widerspiegelten, was Leona bereits über Alexa wusste. Gaby hatte sie schließlich nicht umsonst einen Workaholic genannt. War Alexa ausnahmsweise einmal nicht im Dienst, traf man sie auf Wohltätigkeitsveranstaltungen oder Spendengalas an, deren Erlös den zumeist jugendlichen Opfern von häuslicher Gewalt und Missbrauch zugutekam. Zu diesem Zweck hatte sie sogar eine private Stiftung ins Leben gerufen. Darüber hinaus war Schödel so gut wie nichts über ihr Privatleben bekannt. Auch nichts über gemeinsame Hobbys oder Freizeitaktivitäten mit Heintje. Das einzige Vergnügen, das Gutmann sich gegönnt hatte, war der Gang ins Fitnessstudio gewesen. Leona vermutete, dass das weniger dem Wunsch nach Fitness als vielmehr der Langeweile geschuldet gewesen sein dürfte. Schließlich gab es nichts und niemanden, der ihn zu Hause erwartete: kein gemeinsames Abendessen und keine liebevolle Frau, mit der er besprechen konnte, wie der Tag gewesen war. Niemand, der den Abend bei einem Glas Wein vor dem Fernseher mit ihm ausklingen ließ. Von der von ihm ersehnten Zweisamkeit in den Nächten ganz zu schweigen. Und doch musste es etwas gegeben haben, was die beiden verband. Sonst hätten sie es wohl kaum auf Dauer miteinander ausgehalten. Die Frage war nur, was?

Während Leona darüber nachdachte, kam der Rügendamm mit seiner Brücke in Sicht, die sich wie ein blaues Band über den Strelasund dehnte.

Den Rest der Fahrt nutzte sie dazu, Schödel noch ein wenig über Gutmanns Umfeld auszuhorchen. Allerdings ohne dabei etwas über mögliche Feinde oder Widersacher in Erfahrung zu bringen. Von einem Motiv ganz zu schweigen. Dasselbe galt für seinen Freundeskreis. Gutmann schien ein Eigenbrötler gewesen zu sein, der sich gerne in festgefügten Bahnen bewegte und Veränderungen verabscheute. Es sei denn, er sah sich dazu gezwungen. Schödel bezeichnete ihn als einen korrekten Typ, dem die Einhaltung von Regeln und Vorschriften wichtig war. Ernüchtert hoffte Leona, bei ihrem Gespräch mit Alexa Gutmann am nächsten Tag mehr herauszufinden. Da erreichte das Taxi auch schon sein Ziel: Knieper West, eine Plattenbausiedlung am Rand von Stralsund.

Hier wohnte Klaus Stollberg. Der letzte Name auf Leonas Liste und damit ihre letzte Hoffnung, etwas Neues über Bruhns in Erfahrung zu bringen. Dementsprechend hoch waren ihre Erwartungen. Doch sie wurden enttäuscht. Stollberg bestätigte lediglich, was sie ohnehin schon wusste. Das war umso frustrierender, weil es nun nichts und niemanden mehr gab, der ihr dabei helfen konnte, Bruhns aufzuspüren und für immer unschädlich zu machen.

11. KAPITEL

Sie saß in einem fremden Auto, das auf einer einsamen nächtlichen Alleenstraße unterwegs war. Die Scheinwerfer schnitten gelbe Kreise in die Dunkelheit. Von beiden Seiten neigten Bäume sich zu ihr herab. Groß und bedrohlich. Draußen stürmte es. Wie durch dichten Nebel hindurch sah sie, wie das Auto in einen Waldweg abbog. Dann hielt es an. Mitten im Unterholz. Sie versuchte, die Tür zu öffnen, doch die besaß keinen Griff, und auch das Fenster blieb geschlossen. Bevor sie sich einen Reim darauf machen konnte, beugte Bruhns sich mit einem hämischen Grinsen zu ihr hinüber. Das Ganze war so real, dass sie sogar seine Hände spüren konnte, die sich um ihren Hals legten.

Voller Panik schreckte Leona hoch. Es dauerte einen Moment, bis sie begriff, dass sie alles nur geträumt hatte. Wieder einmal. Sie seufzte. Ihr Radiowecker zeigte 4.30 Uhr. Draußen begann es bereits zu dämmern. Da an Schlaf nicht mehr zu denken war, stand sie auf und ging in die Küche, um sich eine Honigmilch zuzubereiten.

Während sie in kleinen Schlucken davon trank, wanderten ihre Gedanken zu ihrem Gespräch mit Alexa Gutmann am Vortag zurück. Sie war nicht nur eine der schönsten Frauen, denen Leona jemals begegnet war, sie schien perfekt zu sein. Zumindest äußerlich. Das hieß aber noch lange nicht, dass sie deshalb unfehlbar war. Ganz im Gegenteil. Leona rief sich ihr Bild vor Augen. Sie hatte sich Alexa viel größer vorgestellt. Darüber konnten auch die High Heels nicht hinwegtäuschen, auf denen sie sie in geradezu schlafwandlerischer Sicherheit in ihr Büro geleitet hatte. Es war offensichtlich, dass sie damit ihre fehlende Größe zu kompensieren versuchte. Als ob Körpergröße etwas mit Autorität zu tun hätte.

Mit einem unverbindlichen Lächeln reichte Alexa ihr die Hand. Leona fragte sich, wie viel Geld sie ausgegeben haben mochte, damit ihre Zähne so weiß aussahen. Geld schien generell keine Rolle für Alexa zu spielen. Leona schätzte, dass allein schon ihre Schuhe ein Vermögen gekostet haben mussten. Von dem nachtblauen Designerkostüm ganz zu schweigen. Das Einzige, was nicht so recht zu diesem Gesamtkunstwerk passen wollte, waren Alexas Augen. Sie erinnerten Leona an zwei erloschene Vulkane und schauten genauso kalt und unbeteiligt, wie sie sie von dem Foto auf Gabys Smartphone in Erinnerung hatte. Gleichzeitig lag eine Verlorenheit in ihnen, die Leona seltsam berührte. Sie versuchte Alexas Alter zu schätzen, das irgendwo zwischen 30 und Mitte 40 liegen musste. Alexa wirkte ungemein zart und zerbrechlich und sah aus wie jemand, der viel zu selten an die Sonne kam und den Großteil seines Lebens hinter dicken Mauern verbrachte. Ihr Büro schien für sie zu einer Art Ersatzwelt geworden zu sein. Trotzdem wirkte es äußerst unpersönlich: keine Bilder an den Wänden, keine Fotografien oder Bücher, die etwas über Alexa und ihren Geschmack verrieten. Nur nackte weiße Wände. Man konnte üblicherweise einiges über Menschen erfahren, wenn man sich ihren Arbeitsplatz ansah. Doch hier war nichts, rein gar nichts, was Rückschlüsse erlaubt hätte. Alexa schien eine Frau ohne Identität zu sein. Jemand, der zwanghaft darauf bedacht war, nicht das Geringste von sich preiszugeben.

Sie deutete auf eine weiße Ledergarnitur. »Bitte nehmen Sie Platz. Was kann ich für Sie tun?« Ihr Blick war dabei so durchdringend, dass Leona das Gefühl beschlich, sie könnte ihre Gedanken lesen. Dabei hätte es doch umgekehrt sein sollen.

»Ich habe vor Kurzem eine kleine Erbschaft gemacht.« Diese Geschichte hatte sie sich zuvor überlegt. Es sollte eine möglichst unverfängliche Lüge sein.

Sie waren gerade dabei, die Modalitäten zu klären, als Alexas Telefon klingelte. Am Apparat war ein gewisser Doktor Stührenberger. Der seltene Name in Kombination mit Alexas fast schon ehrfürchtigem Tonfall ließ Leona davon ausgehen, dass es sich dabei um den parlamentarischen Staatssekretär handeln musste. Wie aus dem Telefonat hervorging, gehörte er zu Alexa Gutmanns Kundenkreis. Kein Wunder, dass Alexa rasch das Interesse an ihr verloren hatte. Auch wenn sie viel zu professionell war, sich das wirklich anmerken zu lassen.

12. KAPITEL

Inzwischen war es 9 Uhr. Leona hatte gerade gemütlich gefrühstückt und sich geduscht, als das Telefon klingelte. Ihr Chef war am Apparat, um sich nach ihrem Befinden zu erkundigen. Augenblicklich regte sich ihr schlechtes Gewissen. Die Arbeit, die durch ihr Fehlen liegen blieb, machte sich schließlich nicht von allein. Ihr Chef erwähnte diese Tatsache zwar mit keiner Silbe, dennoch, oder vielleicht gerade deshalb, verdeutlichte ihr sein Anruf, dass es an der Zeit war, heute noch nach Greifswald zurückzukehren. Alles andere wäre nicht nur ihren Kollegen gegenüber unverantwortlich gewesen.

Wie sich zeigen sollte, hätte sie keine bessere Entscheidung treffen können. Ihre Kollegen empfingen sie sehr herzlich und überreichten ihr einen Gutschein für einen Selbstverteidigungskurs. »Betrachten Sie ihn als Investition in Ihre Zukunft«, riet ihr Chef ihr. Besser hätte er es nicht formulieren und gleichzeitig seine Wertschätzung ausdrücken können. Vor lauter Rührung wusste Leona nicht, was sie sagen sollte. Wobei das auch nicht nötig war. Ein Blick in die besorgten Gesichter ihrer Kollegen genügte, um zu wissen, dass es unverzeihlich wäre, ihr Angebot abzulehnen. Zumal der Gutschein Leonas bislang erfolglosen Nachforschungen im Fall des ermordeten Taxifahrers eine völlig neue

Richtung geben würde. Doch das wusste sie in diesem Moment noch nicht. Das wurde ihr erst an jenem Abend klar, an dem sie sich Regen und Sturm zum Trotz auf den Weg zu ihrer ersten Kursstunde aufmachte.

Das in der historischen Altstadt von Stralsund gelegene Fitnessstudio befand sich in einem ehemals als Speicher genutzten Gebäude. Nach einer kurzen Einweisung bekam Leona einen Spindschlüssel ausgehändigt. Er sah wie Tausende andere aus: ein gezackter Bart, der in einen runden Griff mit eingestanzter Schließfachnummer mündete. Dennoch hatte es nur eines einzigen Blickes bedurft, um in Leonas Unterbewusstsein eine vage Erinnerung zu wecken. Kein Wunder, dass ihre Gedanken die ganze Trainingsstunde über um den Schlüssel kreisten. Leona wusste, dass sie einen solchen Schlüssel schon einmal gesehen hatte. Die Frage war nur, in welchem Zusammenhang.

Die Antwort darauf sollte sie am nächsten Morgen erhalten. Genauer gesagt in dem Moment, als sie auf dem Weg zu ihrem Büro an der Asservatenkammer vorbeikam. Die plötzliche Erkenntnis traf sie mit solcher Wucht, dass es ihr den Atem verschlug. Doch nur für einen Augenblick. Dann war sie auch schon hinter der Tür verschwunden, um sich Gewissheit zu verschaffen.

Ihre Hände zitterten, als sie den Lichtschalter betätigte. Sekunden später tauchte die Leuchtstoffröhre an der Decke den Raum in kaltes Neonlicht. Das Erste, was Leona sah, war ein riesiges Metallregal, in dem sich unzählige von einer dünnen Staubschicht bedeckte Kartons stapelten. Jeder von ihnen war mit einem Anhänger versehen, auf dem Daten zur Zuordnung vermerkt waren. Leona spürte, wie ihre Zuversicht schwand. Wie sollte sie hier bloß fündig werden? Noch während sie darüber nachdachte, fiel ihr Blick auf das neben der Tür auf einem Pult liegende Asservatenbuch, in dem sämtliche Zu- und Abgänge festgehalten wurden. Einschließlich der Sachen, die Gutmann bei seiner Einlieferung am Leib getragen hatte. Das hoffte sie zumindest.

Und ihre Hoffnung wurde nicht enttäuscht. Kurz nachdem sie den Eintrag dazu gefunden hatte, hielt sie den zugehörigen Karton in ihren Händen. Als sie den Deckel abnahm, kam ein Stapel ordentlich zusammengelegter Kleidungsstücke zum Vorschein. Darunter befand sich auch der gesuchte Schlüssel. Mit angehaltenem Atem zog Leona ihr Handy hervor, um ihn mit dem Bild zu vergleichen, das sie am Vorabend geistesgegenwärtig von dem Spindschlüssel geschossen hatte. Bingo! Sie stieß einen erleichterten Seufzer aus. Hatte ihr Gefühl sie also nicht getäuscht! Hoffentlich war der zugehörige Spind noch nicht leer geräumt worden, denn normalerweise musste der Schlüssel nach dem Training wieder abgegeben werden. Es sei denn, Gutmann hatte über einen eigenen Spind verfügt. Aber das sollte sich herausfinden lassen. Und sie wusste auch schon wie.

13. KAPITEL

Kaum jemand, der Leona zwei Tage später durch die Tür zu den Männerumkleidekabinen verschwinden sah, wäre auf die Idee gekommen, eine Frau vor sich zu haben. Sie trug ein großes Sweatshirt, das ihre weiblichen Rundungen kaschierte und dessen bis in die Stirn gezogene Kapuze einen Großteil ihres Gesichts verdeckte. Eine weit geschnittene Trainingshose tat ihr Übriges, um die Täuschung gelingen zu lassen. Da es noch immer kühl und regnerisch war, hatte keiner von ihr Notiz genommen, als sie in dieser Montur das Fitnessstudio betreten und sich schnurstracks auf den Weg zu den im Kellergeschoss gelegenen Männerumkleidekabinen gemacht hatte.

Nachdem Leona sich davon überzeugt hatte, dass der Raum mit den Schließfächern leer war, zog sie sich rasch dünne Baumwollhandschuhe über und steuerte mit Gutmanns Schlüssel in der Hand den dazugehörigen Spind an. Er trug die Nummer 146 und enthielt alles, was man für den Gang ins Fitnessstudio benötigte: Trainingsanzug und Turnschuhe sowie ein Duschbad und Wechselwäsche. Wie alle Spinde war er in zwei Fächer unterteilt. Auf der Ablage im oberen Bereich befand sich ein ordentlich zusammengelegtes Badetuch. Als Leona es anhob, kam darunter ein dunkelbrauner Briefumschlag zum Vorschein. Sie konnte ihr Glück kaum fassen. Ihr Verdacht schien sich zu bewahrheiten: Der Spind hatte Gutmann als Versteck gedient.

Ihre anfängliche Euphorie wich jedoch schnell Ernüchterung, als sie den Umschlag zu Hause öffnete und seinen Inhalt unter die Lupe nahm. Er enthielt eine am Computer erstellte Liste, die an die 50 Kontonummern umfasste und auf deren Rückseite eine von Hand geschriebene Telefonnummer stand. Leona kannte nur eine Person, die ihr jetzt weiterhelfen konnte. Also griff sie zum Telefon, um ihre Freundin Gaby anzurufen. Die war natürlich alles andere als erfreut, als sie hörte, was Leona von ihr wollte.

»Weißt du eigentlich, was du da von mir verlangst?«, fragte Gaby, als sie sich am nächsten Tag mit Leona in einem Café traf.

»Natürlich weiß ich das und ich würde dich bestimmt nicht darum bitten, wenn es nicht so wichtig wäre.« Um ihre Worte zu unterstreichen, schob Leona ihr eine Kopie der Liste aus Gutmanns Spind über den Tisch. »Ich brauche jemanden, der diese Kontonummern für mich analysiert.«

Gaby sah sich die Liste genauer an. »Ich würde sagen, das sind Osebakonten.«

Leona nickte. Das war genau die Antwort, die sie erwartet hatte. »Weißt du, was das bedeutet?«, fragte sie, ohne Gaby die Möglichkeit zu einer Erwiderung einzuräumen. »Das bedeutet, dass die Gutmann Dreck am Stecken hat.«

Gaby riss die Augen auf. »Wie kommst du denn darauf?«

»Das ist eine lange Geschichte«, entgegnete Leona ausweichend.

»Egal. Ich hab Zeit.«

»Es geht um den Mord an Gutmann«, eröffnete ihr Leona.

Als sie ihren Bericht beendet hatte, herrschte für einen Moment betretenes Schweigen.

»Das ist ja ein dickes Ding«, würgte Gaby sichtlich erschüttert hervor. »Und nun glaubst du …«

»Ich glaube gar nichts«, stellte Leona klar. »Außer, dass uns diese Liste möglicherweise zu Gutmanns Mörder führt. Auch wenn der für die Polizei bereits festzustehen scheint«, meinte sie in Hinblick auf Bissati. »Deswegen brauche ich auch deine Hilfe.«

»Was soll ich tun?«

»Herausfinden, wem die Konten gehören.«

»Soll das ein Witz sein?« Gaby verdrehte die Augen. »Wir reden hier über vertrauliche Kundendaten. Ich würde mich strafbar machen!« Sie unterstrich ihre Worte durch abwehrende Gesten. »Außerdem darf ich gar nicht daran denken, was passiert, wenn die Gutmann davon Wind bekommt. Geschweige denn …«

»Keine Sorge«, versuchte Leona ihr die Bedenken zu nehmen. »Wenn die Gutmann wirklich in die Sache verwickelt ist, dann kostet sie das mit Sicherheit ihren Job und du wärst sie endlich los.«

Es entstand eine unangenehme Pause. Leona sah Gaby an, dass sie mit sich rang.

»Also gut«, lenkte Gaby schließlich ein. »Ich werde

sehen, was ich für dich tun kann. Aber nur, wenn du mir versprichst, meinen Namen aus allem rauszuhalten. Egal, was passiert.« Sie warf ihrer alten Freundin einen durchdringenden Blick zu. »Kann ich mich darauf verlassen?«

Leona nickte. Das war mehr, als sie zu hoffen gewagt hatte.

Zwei Tage später meldete Gaby sich wie versprochen bei Leona. Sie wirkte aufgekratzt. Wie beim letzten Mal fand ihr Treffen in einem Café statt.

»Alles okay mit dir?«, vergewisserte Leona sich.

Gaby schüttelte den Kopf. »Ich hab letzte Nacht so gut wie kein Auge zugetan.«

»Wieso das denn?«

»Weil das hier«, sagte Gaby und hielt ihr die Liste mit spitzen Fingern unter die Nase, »geradezu nach Ärger stinkt. Noch dazu nach Ärger von ganz oben.«

Alarmiert griff Leona nach dem Papier und überflog die von Gaby hinter den Kontonummern notierten Namen. Plötzlich stutzte sie. »Stührenberger«, murmelte sie nachdenklich. »Ist das nicht …«

»Genau der! Wobei sein Name nur die Spitze des Eisbergs ist.«

»Was soll das heißen?«

»Lies einfach weiter«, forderte Gaby sie auf. Sie wartete, bis Leona fertig war.

»Ja, und?«

Auf Gabys Gesicht breiteten sich hektische rote Flecken aus. »Ist das alles, was dir dazu einfällt?«, fragte sie und nahm ihr die Liste aus der Hand. »Der hier zum Beispiel«, sagte sie. »Doktor Horst Eisenreich.«

»Eisenreich?«, wiederholte Leona verständnislos.

»Wie das gleichnamige Bauunternehmen«, versuchte Gaby ihr auf die Sprünge zu helfen. »Oder der hier.« Sie deutete auf den darunter stehenden Namen: »Professor Siegesmund Vollstädt, eine Koryphäe auf dem Gebiet der Organtransplantation. Oder Bernard Neuensiel, Besitzer der Ferienanlage Amberia. Seine Hotelkette hat mehr als 100 Mitarbeiter, und er ist einer der größten Arbeitgeber auf Rügen.« Gaby hielt inne, um Luft zu holen. »Soll ich weitermachen?«

»Ich denke, die Mühe kannst du dir sparen. Bis auf die beiden hier«, sagte Leona und deutete auf Stührenberger und Vollstädt, »sagen mir die Namen nicht das Geringste.«

Gaby riss die Augen auf. »Das sollten sie aber. Schließlich handelt es sich dabei um die High Society von Rügen. Sowohl in gesellschaftlicher als auch in finanzieller Hinsicht«, betonte sie.

14. KAPITEL

Inzwischen kamen die Flashbacks immer häufiger. Ein greller Lichtblitz durchzuckte ihren Kopf, dann folgte der Schmerz. Er überfiel sie wie ein Raubtier, das ihren Schädel mit scharfen Krallen zu spalten versuchte, um danach mit brachialer Gewalt in ihr Gehirn vorzudringen. In eben jenen Bereich, in dem ihre Erinnerungen abgespeichert waren. Sie schloss die Augen, versuchte, an etwas anderes zu denken. Doch die Bilder ließen sich nicht verdrängen: Bilder eines arglos in seinem Bettchen schlummernden Säuglings, nicht ahnend, was ihm bevorstand. Aus ihrem Mund drang ein Wimmern. Ein Wimmern, das nicht von ihr stammte, sondern von jenem körperlosen Wesen, in das sie sich verwandelt hatte, um nicht den Verstand zu verlieren.

Sie lag in ihrem Bett. Spürte die Matratze unter sich, die sich an ihren Körper schmiegte. Und doch hätte sie nicht weiter davon entfernt sein können. Es war, als würde sie den Raum aus der Vogelperspektive betrachten. Das Bett, in dem sie lag, war nicht länger ihr Bett. Es hatte sich in eine Wiege verwandelt. Leises Weinen drang an ihr Ohr: ihr Weinen – während sie dabei zusah, wie dem Kind, das ihre Züge trug, Gewalt angetan wurde. Keine brachiale Gewalt. Oh nein! Es gab schließlich unendlich viele Spielarten der Perversion. Ihre Speiseröhre füllte sich mit bitterer Galle.

Während sie gegen den Würgereiz ankämpfte, begann ihre Umgebung sich plötzlich zu verändern. Aus der Wiege wurde ein Schaukelstuhl und aus dem Säugling ein Kleinkind. Sie sah die Szene genau vor sich, nahm sie mit allen Sinnen auf. Der Raum war abgedunkelt und es roch nach verwelkten Rosen. Kein Wunder, dass sie deren Duft verabscheute. Genau wie den Geschmack von Nougatschokolade: ihre Belohnung, wenn sie brav gewesen war. Wobei, darüber zu sprechen hatte er ihr verboten. Sonst würde der böse Wolf kommen und sie fressen. Genau so, wie er die Großmutter und das Rotkäppchen gefressen hatte in dem Buch, aus dem er ihr immer vorlas. Nur dass kein Jäger kommen würde, um sie zu befreien. Mehr war nicht nötig gewesen, um sie einzuschüchtern. Einem plötzlichen Impuls folgend, streckte sie die Hand nach dem Kind aus, um es zu beschützen. Doch das kleine Mädchen nahm keine Notiz von ihr. Wie sollte es auch. Stattdessen musste sie tatenlos mit ansehen, wie es auf seinen Schoß kletterte. Den Schoß seines Peinigers, der kurz darauf in einen rhythmischen Singsang verfiel: »Hoppe, hoppe Reiter …« Sie presste die Hände auf die Ohren, um seine Stimme nicht hören zu müssen. Aber es half nichts. Sie war wieder mittendrin. Es gab keine Notbremse, die sie hätte ziehen können, um die Erinnerung zu stoppen, sie auszublenden. Sie musste sich den Bildern stellen. Immer und immer wieder.

Erst an dem Tag, an dem sie zu groß für seine »Spielchen« geworden war, hatte er sie endlich in Ruhe gelas-

sen. Plötzlich spürte sie seinen stechenden Blick auf sich ruhen. Die Kälte und Unbarmherzigkeit darin ließ sie zurückweichen. Sie verlor das Gleichgewicht und drohte zu stürzen. Im Fallen begriffen, tat sich eine weitere Szene vor ihr auf: ein weiteres wehrloses Kind. Nur dass es sich dabei nicht um sie selbst handelte. Es gelang ihr, einen Blick auf das Gesicht des Säuglings zu erhaschen. Sein Lächeln war so unschuldig und rein, dass es ihr fast das Herz brach. Im gleichen Moment verdunkelte ein Schatten das Bild. Der Schatten des Mannes, dessen Existenz sie am liebsten für immer aus ihrem Gedächtnis gelöscht hätte. Er war gekommen, um ihm seine Reinheit zu nehmen. Wie er es Jahre zuvor mit ihr getan hatte. Der Gedanke war so unerträglich, dass sie daran zu ersticken drohte. Sie riss die Augen auf und schnappte nach Luft. Ihr ganzer Körper war mit Schweiß bedeckt. Es dauerte einen Moment, bis ihr Herzschlag sich normalisiert hatte und sie wieder klar denken konnte; bis ihr bewusst wurde, dass sie in ihren eigenen Körper zurückgekehrt war.

15. KAPITEL

Am nächsten Tag bekam Leona einen Anruf von Peer. »Können wir uns treffen?« Seine Frage brachte sie in Verlegenheit. Zum Glück sah er nicht, wie sie errötete. »Ich brauch dringend mal 'ne Auszeit«, hörte sie ihn sagen, »Marlies und ihre Hochzeitsvorbereitungen – das kann einen ganz schön schaffen.«

Leona konnte förmlich spüren, wie er die Augen verdrehte. »Das trifft sich gut. Ich hab dir nämlich auch was zu sagen. Wo wollen wir uns treffen?«

»Wie wär's, wenn ich zu dir nach Greifswald komme? Du kannst ja einen Tisch im Humboldt reservieren.«

»Einverstanden. Und wann?«

»So gegen sechs.« Damit legte er auf.

Knappe zwei Stunden später saßen sie sich auf der Terrasse des Restaurants gegenüber, das sich am Mühlentor in der Nähe der Marienkirche befand. Es versprach, ein lauschiger Sommerabend zu werden, zumindest was das Wetter betraf.

Nachdem sich jeder für eines der legendären Burgergerichte entschieden hatte, kam Peer auf den Grund für ihr Treffen zu sprechen. »Ich hab hier was für dich«, sagte er und schob ihr einen Hefter über den Tisch.

»Was ist das?«

»Die Akte über Frau Gutmann, um die du mich gebeten hast.«

»Das muss Gedankenübertragung gewesen sein«, sagte Leona. »Genau darüber wollte ich mit dir sprechen.«

»Über die Akte?«, wunderte Peer sich.

Leona schüttelte den Kopf. »Über Frau Gutmann.«

»Was ist mit ihr?«

»Ich dachte, das könntest du mir sagen«, meinte Leona mit Blick auf den zwischen ihnen liegenden Hefter.

»Das dürfte schwierig werden«, erwiderte Peer ausweichend. »Am besten, du machst dir selbst ein Bild.«

Bevor Leona nachhaken konnte, brachte der Kellner ihr Essen. Für Leona einen Fisch- und für Peer einen Gyrosburger. Als ihr Hunger gestillt war und Peer sich satt und zufrieden zurücklehnte, hielt Leona den Zeitpunkt für gekommen, ihre Karten offenzulegen. »Ich habe übrigens auch etwas herausgefunden«, begann sie zaghaft. »Etwas, das mit Frau Gutmann und ihrer Arbeit zu tun hat.«

Peer setzte sich auf. Er wirkte alarmiert. »Mit ihrer Arbeit?«

Statt etwas darauf zu erwidern, griff Leona nach ihrer Handtasche und holte die Liste aus Gutmanns Spind hervor, die in einer Klarsichthülle steckte.

»Was ist das?«

»Eine Liste mit Kontonummern.«

»Kontonummern?«, wiederholte Peer verständnislos. »Was ist damit?«

»Das wüsste ich auch gerne.« Leona griff abermals

in ihre Tasche. »Und hier«, sagte sie und reichte ihm eine Kopie der Liste über den Tisch, »stehen die dazugehörigen Namen.«

Peer begann zu lesen und seine Augen weiteten sich. »Wie um alles in der Welt bist du da rangekommen?«

»Ich glaube nicht, dass du das wissen willst.«

Das musste Peer erst mal verdauen. Leona brauchte ihn nur anzusehen, um zu wissen, was hinter seiner Stirn vor sich ging. »Ich dachte, wir hätten eine Abmachung: keine Alleingänge mehr.« Der Tonfall, in dem er das sagte, war unmissverständlich.

»Nun sei nicht gleich sauer«, versuchte Leona einzulenken, bevor sie auf die Umstände zu sprechen kam, die sie zu Gutmanns Spind und dem darin enthaltenen Umschlag geführt hatten. Wie zu erwarten, hielt Peers Begeisterung sich in Grenzen. »Du hättest den Spind auf gar keinen Fall öffnen dürfen.«

»Ich wollte doch nur ...«

»Ist dir eigentlich klar, was du getan hast?«, brachte Peer sie mit einer unwirschen Handbewegung zum Schweigen. »Du hast die polizeilichen Ermittlungen behindert«, hielt er ihr vor. »Das steht unter Strafe. Ich könnte dich deswegen ...«

»... belangen«, fiel Leona ihm verärgert ins Wort. »Ich weiß.« Es war schließlich nicht das erste Mal, dass sie sich von ihm mit einer solchen Drohung konfrontiert sah.

»Dann weißt du hoffentlich auch, dass ich darüber Meldung machen muss.«

Leona wäre nicht Leona gewesen, wenn sie dafür keine Lösung parat gehabt hätte. »Nicht, wenn du das

Ganze so drehst, als wäre es auf deinem Mist gewachsen. Es muss schließlich niemand wissen, dass ich dir dabei geholfen habe.«

»Geholfen«, schnappte Peer und lief rot an. »Kannst du mir mal verraten, wie ich das meinen Kollegen erklären soll?«

»Du könntest dich auf mich berufen. Darauf, dass ich es war, die dich auf den Schlüssel aufmerksam gemacht hat. Den Rest kannst du dir so zurechtlegen, wie du es für richtig hältst.«

»Und was ist mit Fingerabdrücken?«

»Keine Sorge, ich habe Handschuhe getragen, als ich das Schließfach geöffnet und den Umschlag mit der Liste herausgenommen habe. Apropos Liste«, brachte sie die Sprache auf ihr eigentliches Anliegen zurück. »Je länger ich darüber nachdenke, desto überzeugter bin ich, dass sie Gutmann als Druckmittel seiner Frau gegenüber diente.«

Peers Unterkiefer klappte nach unten. »Willst du etwa andeuten, dass er sterben musste, weil er sie damit zu erpressen versucht hat?«

»Möglich.«

»Aber weshalb? Ich kann darin im Moment nichts als eine Ansammlung von Kontonummern erkennen. Nichts, womit man jemanden erpressen könnte.«

»Keine Ahnung. Aber ich weiß, wie wir es herausfinden können.«

»Und wie?« Peers Worten war anzumerken, wie viel Überwindung sie ihn kosteten.

»Damit«, sagte Leona und deutete auf die auf der Rückseite der Liste stehende Telefonnummer. »Indem wir in Erfahrung bringen, wessen Telefonnummer das ist.«

Peer war anzusehen, wie es hinter seiner Stirn arbeitete. »Immerhin warst du so schlau, nicht ohne mein Wissen einfach anzurufen.« Das klang schon etwas versöhnlicher.

»Ich bin schließlich nicht lebensmüde«, versicherte Leona, nur, um sich gleich darauf nach seinen Plänen zu erkundigen: »Was wirst du jetzt tun?«

Peer brauchte ein paar Minuten, um sich über die Antwort klar zu werden. »Mir eine passende Geschichte zurechtlegen und darauf vertrauen, dass ich damit durchkomme. Danach werde ich herausfinden, wer sich hinter der Nummer verbirgt und was es mit diesen Konten auf sich hat.«

»Das ist eine gute Idee.«

16. KAPITEL

Wieder zurück in ihrem Zimmer, nahm Leona die Akte über Alexa Gutmann zur Hand und begann zu lesen. Sie war am 2. Mai 1974 in Bayreuth geboren worden. Damals hieß sie noch Huber. Ihr Vater arbeitete als Pilot bei der Bundeswehr, die Mutter hatte eine Goldschmiedelehre abgeschlossen und war danach in das von ihrem Vater geleitete Familienunternehmen eingestiegen. Bei ihm in Bayreuth hatte die Familie auch bis zu Alexas zehntem Geburtstag gewohnt. Danach waren die Hubers in das nahe gelegene Medorf gezogen. Zwei Jahre später, im Juli 1986, kam Alexas Bruder auf die Welt. Laut den Unterlagen hieß er Gabriel und – an dieser Stelle stutzte Leona und richtete sich alarmiert auf – galt seit dem 7. September 1986 als vermisst. Der Fall war damals durch sämtliche Medien gegangen. Seine Mutter hatte den knapp zwei Monate alten Säugling zum Mittagsschlaf in den Garten gebracht. Als sie zurückkam, war das Baby aus seinem Kinderwagen verschwunden. Der Fall war nie aufgeklärt worden. Und als ob das nicht schon schlimm genug gewesen wäre, verunglückten dann auch noch Alexas Eltern sieben Jahre später bei einem von Alexas Vater verursachten Autounfall. Die Ermittlungen ergaben, dass er zum Todeszeitpunkt eine Alkoholkonzentration von

2,5 Promille im Blut hatte. Ein, wie Leona fand, geradezu klassisches Beispiel dafür, was ein solcher Schicksalsschlag bei einem Menschen anrichten konnte.

Zu diesem Zeitpunkt war Alexa 19 Jahre alt gewesen und hatte gerade ihr Abitur bestanden. Nach dem Tod ihrer Eltern hatte sie Medorf verlassen und war nach München gegangen, um dort Finanzwirtschaft zu studieren. Nachdem sie über zehn Jahre in einem der größten deutschen Bankhäuser gearbeitet hatte, war sie 2011 zur Oseba gewechselt. 2013, mit 39 Jahren, hatte sie Heintje Gutmann geheiratet und war mit ihm nach Altensien gezogen. Der Akte war eine detaillierte Übersicht über Alexas beruflichen Werdegang und die von ihr ins Leben gerufene Stiftung beigefügt. Eine Stiftung, die, wie Leona aus ihrem Gespräch mit Lutz Schödel wusste, sich um Opfer von häuslicher Gewalt und Missbrauch kümmerte. Darüber hinaus war Alexa nie aktenkundig geworden.

17. KAPITEL

Am folgenden Wochenende fand in Binz die Hochzeit von Peer und Marlies statt. Die Sonne schien von einem strahlend blauen Himmel auf sie herab, als sie sich in dem zum Standesamt umfunktionierten Müther Rettungsturm mit Blick auf die Ostsee das Jawort gaben. Nach dem offiziellen Teil gab es für die Handvoll Gäste noch einen kleinen Umtrunk am Strand. Untermalt von sanftem Wellenschlagen und dem Geschrei der über ihren Köpfen kreisenden Möwen hätte es kaum eine romantischere Kulisse geben können, um einen solchen Tag zu begehen.

Marlies trug ein elfenbeinfarbenes Brautkleid. Es bestand aus einem hoch angesetzten Rock, der ihre Schwangerschaftsrundungen schön betonte und ihr mit Glitzersteinchen verziertes Dekolleté zum Hingucker werden ließ. Ihr von roten Korkenzieherlocken umrahmtes Gesicht glühte vor Aufregung, und sie strahlte mit der Sonne um die Wette. Leona, die noch nie eine glücklichere Braut gesehen hatte, konnte nur hoffen, dass Peer sich ihrer als würdig erweisen würde. Als Bräutigam sah er jedenfalls umwerfend aus.

Die anschließende Feier fand an Bord eines Ausflugsschiffes statt. Ausgangspunkt war die Binzer Seebrücke. Entlang der malerischen Kreidefelsen mitsamt dem

Königsstuhl fuhren sie zum Kap, wo die Frischvermählten zurückblieben, um die Hochzeitsnacht im Leuchtturmwärterhäuschen zu verbringen. Ein Vorgeschmack auf ihre Hochzeitsreise, die sie auf Anraten des Arztes auf nach die Geburt verschoben hatten.

So kam es, dass Peer bereits am Montagmorgen wieder zum Dienst erschien. Er wirkte blass und übernächtigt. Ein Umstand, für den seine Kollegen angesichts der Feierlichkeiten vollstes Verständnis zeigten. Das galt auch für die Geschichte, die er sich auf Leonas Anraten hin zurechtgelegt hatte. Nachdem er in einer eigens dafür anberaumten Dienstbesprechung von den neusten Erkenntnissen berichtet hatte, ging ein erleichtertes Aufatmen durch den Raum. Endlich gab es eine Spur, der sie nachgehen konnten. Als Erstes nahm sich einer der Polizisten die Telefonnummer auf der Liste vor. Sie führte zu einem Mann namens Arved Fischler, der in Zürich wohnte und bei der Zürkommerzial-Bank arbeitete. Als Peer ihn zu erreichen versuchte, sprang die Mailbox an. Er hinterließ eine Nachricht mit der Bitte um Rückruf. Wie sich herausstellte, befand Fischler sich gerade auf dem Heimflug von einer Geschäftsreise und hatte sein Handy ausgestellt. Sein Rückruf erreichte Peer auf dem Nachhauseweg. »Fischler hier, Sie wollten mich sprechen?«

»Gut, dass Sie sich melden«, sagte Peer, nachdem er sich vorgestellt hatte.

»Worum geht es?«, erkundigte Fischler sich verhalten.

»Um Heintje Gutmann.«

Für einen Moment blieb es still in der Leitung. »Dann war er also bei Ihnen?«

Peer stutzte. Das war definitiv nicht die Reaktion, die er erwartet hatte. »Ich rufe wegen der Liste an«, erwiderte er ausweichend. »Ich habe ein paar Fragen.«

»Verstehe. Wann und wo wollen wir uns treffen?« Das klang so selbstverständlich, als hätte er damit gerechnet.

»Das Einfachste wäre natürlich, Sie kämen her«, sagte Peer ohne große Hoffnung.

Umso mehr überraschte ihn auch diese Antwort von Fischler: »Das sollte sich einrichten lassen. Ich muss Ende der Woche ohnehin nach Berlin.«

18. KAPITEL

Zwei Tage später saßen sie sich in Peers Büro gegenüber. Fischler sah aus wie der Prototyp eines jungen, erfolgreichen Bankers. Sein anthrazitgrauer Dreiteiler, den er mit einem eierschalenfarbenen Hemd und einer dezent gemusterten Krawatte kombiniert hatte, bildete einen reizvollen Kontrast zu seinem blonden Haar. Seine granitgrauen Augen ruhten wachsam auf Peer. »Wo ist Heintje?«, erkundigte er sich, nachdem er seine Personalien zu Protokoll gegeben hatte. Die Tatsache, dass er Gutmanns Vornamen verwendete, ließ auf eine gewisse Vertrautheit schließen.

Peer runzelte die Stirn. »Dann wissen Sie es also noch gar nicht?«

»Was?«

»Dass er tot ist.«

»Tot?«, zeigte Fischler sich geschockt.

»Ermordet«, ergänzte Peer, ohne ihn dabei aus den Augen zu lassen.

Fischler erbleichte. »Oh mein Gott«, würgte er erschüttert hervor. »Das hab ich nicht gewollt«, entfuhr es ihm.

Peer nahm ihn ins Visier. »Was haben Sie nicht gewollt?« Seine Frage brachte Fischler in Verlegenheit. Peer sah, wie es hinter seiner Stirn arbeitete. »Ich nehme an, es geht darum«, sagte er, um Fischler die Sache zu erleichtern, und schob ihm eine Kopie der Liste hin.

Ein kaum wahrnehmbares Nicken bestätigte seine Vermutung. »Was genau wollen Sie wissen?«

»Wie Sie an die Kontonummern gekommen sind.«

»Dazu möchte ich mich nicht äußern.«

»Weil Sie sich sonst belasten würden?«

Fischlers Schweigen zeigte Peer, dass er mit seiner Vermutung richtig lag. Nur nutzte ihm das nicht viel. »Keine Sorge. Es ist nicht meine Sache, darüber zu urteilen. Dafür sind andere Stellen zuständig. Ich will mir lediglich ein Bild machen. Schließlich haben wir es hier mit einem Kapitalverbrechen zu tun.«

»Sagen wir einfach, ich hab sie Heintje zukommen lassen«, gab Fischler vage Auskunft.

»Weshalb?«

»Damit er die Machenschaften seiner Frau aufdeckt.«

Also hat Leona recht gehabt, als sie davon ausging, die Liste könnte ihm als Druckmittel gedient haben, schoss es Peer durch den Kopf. »Welche Machenschaften?«

»Mir liegen eindeutige Beweise vor, dass Alexa, also Frau Gutmann, sich der Steuerhinterziehung strafbar gemacht hat.«

Peer runzelte die Stirn. »Steuerhinterziehung?«, vergewisserte er sich.

»Sie hat Gelder ihrer Kunden auf ein Schweizer Nummernkonto und von dort aus weiter auf die Caymans transferiert«, erklärte Fischler.

»Auf die Caymans?«

»Dorthin, wo Begriffe wie Kapitalertragsteuer, Einkommens- oder Erbschaftsteuer unbekannt sind. Die

Cayman Islands verwalten schließlich nicht umsonst Unsummen von Auslandsgeldern«, sagte er und berief sich dabei auf die Tatsache, dass es sich bei den Caymans um einen der zehn größten Bankplätze der Welt handelte. Fischler suchte Peers Blick. »Ich nehme an, Sie wissen, wer sich hinter den Konten verbirgt? Dann wissen Sie bestimmt auch«, fuhr er auf Peers Nicken hin fort, »dass die Inhaber dieser Konten vermögend sind und es deshalb für sie äußerst lukrativ ist, ihr Geld dort zu deponieren.«

»Sie meinen, um es vor dem Zugriff des Fiskus in Sicherheit zu bringen?«, hakte Peer nach.

»Ganz genau«, bestätigte Fischler. »Wir sprechen hier schließlich nicht von Peanuts, sondern von …«

»Darf ich fragen, woher Sie das alles wissen?«, wurde er von Peer unterbrochen. »Und warum Sie damit nicht zur Polizei oder zur zuständigen Finanzbehörde gegangen sind, sondern zu Herrn Gutmann?«

Fischler starrte auf seine Hände. »Ich wollte die Sache nicht an die große Glocke hängen. Es ging mir einzig und allein darum, Alexa das Handwerk zu legen.«

»Und dazu brauchten sie Gutmann?«

»Ich brauchte einen Verbündeten.«

»Er war ihr Ehemann«, gab Peer zu bedenken. »War das nicht riskant? Ich meine, was, wenn er von den Plänen seiner Frau wusste, sie womöglich sogar darin unterstützte?«

»Das war in der Tat ein Risiko«, gab Fischler unumwunden zu. »Deshalb hab ich auch erst mal Erkundigungen über ihn eingezogen, was im digitalen Zeitalter gar nicht so schwer war. Und ich habe mich mehrfach von ihm fahren lassen. Einfach nur, um mit ihm ins Gespräch zu kommen und zu sehen, was für ein Mensch er ist. Heintje ist … war«, verbesserte er sich rasch, »ein gesetzestreuer Bürger. Jemand, für den schon eine Geschwindigkeitsüberschreitung einen Straftatbestand erfüllte.«

»Dann scheint er ja genau der Richtige gewesen zu sein.«

Statt etwas darauf zu erwidern, senkte Fischler den Blick.

»Und wie ging es dann weiter?«, drängte Peer.

»Ich hab mich mit ihm in Verbindung gesetzt.«

»Wie?«

»Ich hab ihn angerufen, und wir haben uns in Stralsund getroffen. Das war vor drei Monaten.«

»Gab es danach noch weitere Treffen?«

Fischler schüttelte den Kopf. »Das war neben den bereits erwähnten Taxifahrten unser einziger und, wie es aussieht, auch letzter persönlicher Kontakt.«

»Aber telefoniert werden Sie doch noch miteinander haben?«

»Heintje hat mich danach noch einmal angerufen, um mir mitzuteilen, er habe Alexa ein Ultimatum gestellt.«

»Wissen Sie noch, wann das war?«

Es entstand eine kurze Pause. »Vor ungefähr zwei Monaten.«

»Und danach?«

»Hab ich nichts mehr von ihm gehört.«

»Hat Sie das nicht stutzig gemacht?«, wunderte Peer sich.

»Nicht wirklich. Schließlich lief das Ultimatum erst Ende August ab. Also vor genau zwei Tagen«, ergänzte Fischler und warf, um sicherzugehen, einen Blick auf den Kalender an der Wand hinter Peer.

»Lassen Sie uns noch einmal auf Alexa Gutmann zurückkommen«, wechselte Peer das Thema.

»Was soll mit ihr sein?«

»Das frage ich Sie. Immerhin haben Sie sie der Steuerhinterziehung bezichtigt. Das ist ein schwerwiegender Vorwurf. Ein Vorwurf, den man nicht einfach aus der Luft greift. Dazu ist Hintergrundwissen nötig«, meinte Peer. »Was wiederum die Frage aufwirft, in welchem Verhältnis Sie zueinander stehen.«

»Das ist eine längere Geschichte.«

»Kein Problem. Ich habe Zeit«, sagte Peer und lehnte sich zurück.

»Es ist an die vier Jahre her«, begann Fischler, »da sprach mich Alexa, also Frau Gutmann, auf einem Bankenkongress an. Wir kannten uns bereits von früheren Treffen.«

»Was wollte sie von Ihnen?«, hakte Peer nach.

»Sie erzählte mir von ihrer Stiftung. Und davon, was sie schon alles auf die Beine gestellt hat. Ich war beeindruckt.«

»Ich verstehe nicht ganz, was das mit den von Ihnen erhobenen Anschuldigungen zu tun hat«, warf Peer ungeduldig ein.

»Dazu wollte ich gerade kommen. Alexa schlug mir einen Deal vor. Ihre Stiftung wurde bislang nicht als gemeinnützig anerkannt, weshalb sie keine Steuervergünstigungen erhält. Deshalb hatte sie die Idee, selbst dafür zu sorgen, Steuern zu sparen. Ihr Plan sah vor, Spendengelder auf ein Schweizer Nummernkonto zu übertragen. Von dort aus sollte das Geld dann auf die Caymans transferiert werden.«

Peers Augen verengten sich zu schmalen Schlitzen. »Dann sollten Sie also als Mittelsmann fungieren?«

Fischler zuckte mit den Schultern.

»Ich nehme an, Sie wissen, dass Sie sich damit nach deutschem Recht strafbar gemacht haben?«

»Ich bin davon ausgegangen, dass es sich um eine einmalige Zahlung handelt«, wich Fischler aus.

»Aber dabei ist es nicht geblieben?«

»Nein. Alexa hatte Blut geleckt. Ich sollte noch weitere Transaktionen vornehmen. Dabei ging es um Gelder von wohlhabenden Oseba-Kunden. Als ich das ablehnte, hat sie mir mit Konsequenzen gedroht.« Welche, darüber schwieg er sich trotz mehrmaliger Nachfrage beharrlich aus.

»Also haben Sie einfach weitergemacht.« Das war keine Frage, sondern eine Feststellung.

Peer registrierte, wie Fischler schuldbewusst zu Boden sah. »Irgendwann ist mir die Sache dann doch zu heiß geworden«, räumte er ein.

»Ich nehme an, das war der Punkt, an dem Gutmann ins Spiel gekommen ist«, fasste Peer zusammen. Ein Nicken bestätigte seine Vermutung. »Dabei wollte ich doch nur, dass der Spuk endlich ein Ende hat. Ich meine, wie hätte ich denn wissen sollen, dass Alexa ihren Mann deshalb umbringt.«

Peer verschlug es für einen Moment die Sprache. »Dann gehen Sie also davon aus, dass sie es war?«

Fischler wirkte ehrlich erstaunt. »Wer denn sonst?«

Damit war erst einmal alles gesagt, und Peer erhob sich. »Sie können jetzt gehen. Ich muss Sie aber bitten, sich zu unserer Verfügung zu halten.«

19. KAPITEL

Sobald Fischler sein Büro verlassen hatte, griff Peer zum Telefonhörer. Er hatte beschlossen, Alexa Gutmann zur Vernehmung vorzuladen, um sie mit den von Fischler erhobenen Vorwürfen direkt zu konfrontieren.

Die Frau, die eine Stunde später sein Büro betrat, hatte nur noch wenig mit der selbstbeherrschten, unnahbaren Frau gemein, die er kannte – oder vielmehr zu kennen glaubte. Peer spürte förmlich, wie sie innerlich vor Wut schäumte. »Was gibt Ihnen das Recht, mich mitten aus einem Kundengespräch zu reißen?« In Alexas Stimme schwang genau jene wohldosierte Prise Empörung, die vermeintlich unschuldige Verdächtige gern an den Tag legten. Zumindest bis zu dem Moment, in dem man sie überführte.

»Nehmen Sie bitte Platz«, überging Peer ungerührt ihre Vorhaltung und wies auf den vor seinem Schreibtisch stehenden Stuhl. Jenen Stuhl, auf dem vor nicht allzu langer Zeit Fischler gesessen hatte. Nur wusste das sein Gegenüber nicht. Noch nicht. Es bereitete Peer sichtliches Vergnügen, Alexa eine Weile zappeln zu lassen und sich an ihrer zunehmenden Nervosität zu weiden. Auch wenn sie sich krampfhaft bemühte, sich nichts davon anmerken zu lassen. Nachdem Peer sie über ihre Rechte aufgeklärt und sich ihre Zustimmung zur Aufzeichnung des Gesprächs geholt hatte, drückte er die Aufnahmetaste an der bereitgestellten Videokamera. »Sagt Ihnen der Name Arved Fischler etwas?«

Alexas ohnehin blasses Gesicht wurde noch eine Spur bleicher. Peer wartete auf eine Antwort. Als keine kam, wiederholte er seine Frage.

Alexa schloss für einen Moment die Augen.

Peer konnte sehen, wie es hinter ihrer Stirn arbeitete. »Und?« In seiner Stimme schwang Ungeduld mit.

»Ja«, entgegnete Alexa knapp.

»Dann wissen Sie sicher, dass er schwere Anschuldigungen gegen Sie erhebt?«

»Anschuldigungen?« Plötzlich war all ihre Selbstsicherheit verschwunden. »Was für Anschuldigungen?«

»Fischler beschuldigt Sie, sich der Steuerhinterziehung strafbar gemacht zu haben.«

Seine Worte ließen Alexa zusammenzucken. »Das ist eine Unverschämtheit«, brauste sie auf.

»Immer mit der Ruhe«, versuchte Peer sie zu beschwichtigen. »Wenn Sie sich nichts zu Schulden kommen lassen haben, dann haben Sie auch nichts zu befürchten.« Während er das sagte, entnahm er einer Mappe, die vor ihm lag, eine Kopie von Gutmanns Liste und schob sie über den Schreibtisch.

Alexa schnappte nach Luft. »Woher …? Ich meine, von wem …?«, stammelte sie.

»Können Sie sich das denn nicht denken?«

Alexa zuckte die Schultern. »Keine Ahnung.« Ihre Stimme klang brüchig. Sie biss sich auf die Unterlippe.

»Wirklich nicht? Das wundert mich. Soviel ich weiß, hat Ihr Mann Sie damit zu erpressen versucht«, wagte

Peer einen Vorstoß, ohne sie dabei aus den Augen zu lassen.

Auf Alexas Hals breitete sich eine flammende Röte aus, die rasch nach oben wanderte und bald ihr ganzes Gesicht bedeckte. »Wie kommen Sie denn darauf?«

»Wie ich darauf komme? Das sollten Sie besser Fischler fragen. Er hat es mir selbst gesagt. Vorhin erst.« Er deutete auf den Stuhl, auf dem sie saß. »Es ist noch nicht einmal eine Stunde her, als er mir alles darüber erzählt hat.«

»Worüber?«

»Über Ihren Deal.«

Das musste Alexa erst einmal sacken lassen. »Meinen was?«

»Darüber, dass er für Sie als Mittelsmann tätig war«, konkretisierte Peer.

»Für mich tätig, in meinem Auftrag? Was reden Sie denn da?« Alexa wirkte ehrlich erstaunt.

Sie ist wirklich eine exzellente Schauspielerin, schoss es Peer durch den Kopf. »Ach, dann gab es also noch einen weiteren Auftraggeber?«

»Nein«, beeilte Alexa sich richtigzustellen. »Es gab überhaupt keinen Deal oder wie Sie das nennen.«

»Ach ja?« Seine Worte brachten ihm einen eisigen Blick ein. Doch Peer ließ sich davon nicht einschüchtern. Genauso wenig, wie er sich von ihrem tadellos sitzenden Designerkostüm und ihrem perfekt geschminkten Gesicht beeindrucken oder blenden ließ. Diesmal würde sie ihn nicht für sich einnehmen. »Das klang bei Fischler aber ganz anders.«

»Dann hat er gelogen.«

»Weshalb sollte er das tun?«

»Was weiß ich?« Alexa schlug die Beine übereinander und wippte nervös mit dem Fuß.

Peer wartete auf eine Fortsetzung. Als diese ausblieb, griff er zum Telefon. »Dann wollen wir uns mal anhören, was Herr Fischler dazu zu sagen hat.«

Wenn er geglaubt hatte, Alexa damit aus der Fassung zu bringen, hatte er sich getäuscht. »Darauf bin ich allerdings auch gespannt«, lautete ihr Kommentar.

20. KAPITEL

Es dauerte einen Moment, bis es Leona gelang, das nervtötende Geräusch mit der Klingel ihrer Einzimmerwohnung in Greifswald in Verbindung zu bringen. Verschlafen schreckte sie hoch. Die Leuchtanzeige ihres Radioweckers zeigte 22.03 Uhr. Wer um alles in der Welt kann das sein?, schoss es ihr mit wild klopfendem Herzen durch den Kopf. Leona hatte den Gedanken kaum zu Ende gedacht, als sich auch schon Bruhns hämisch grinsendes Gesicht vor ihr inneres Auge schob.

Doch wie sich herausstellte, stand nicht er vor der Tür, sondern Peer. Er sah blass und übernächtigt aus. Augenblicklich wich Leonas Erleichterung der Sorge. »Ist etwas passiert?«

Peers Miene spiegelte Verlegenheit. »Tut mir leid, wenn ich dich geweckt habe«, entschuldigte er sich mit Blick auf den unter ihrem Morgenmantel hervorschauenden Schlafanzug. »Ich wollte dich nicht …«

»Kein Problem«, beteuerte Leona und trat einen Schritt beiseite. »Komm rein.«

Mangels Alternativen in dem kleinen Raum ließ Peer sich auf Leonas Bett fallen und schlug die Hände vors Gesicht. »Ich bin fix und fertig«, gestand er mit brüchiger Stimme.

Seine Worte alarmierten Leona und veranlassten sie, sich neben ihn zu setzen. »Was ist denn los?«

»Wie es aussieht, hattest du mal wieder recht.«

»Womit?«

»Es geht um Gutmann«, begann Peer. »Darum, dass ihm die Liste als Druckmittel diente. Ganz wie du vermutet hast. Ich habe mit dem Mann gesprochen, dessen Telefonnummer auf der Liste stand. Sein Name ist Arved Fischler, er wohnt in Zürich und arbeitet bei der Zürkommerzial-Bank«, eröffnete er ihr und kam dann auf das Gespräch mit Alexa und Fischlers Anschuldigungen gegen sie zu sprechen. Anschuldigungen, die, wie er betonte, von Alexa bestritten worden waren.

»Hast du ihr das etwa abgekauft?« Die Skepsis in Leonas Stimme war unüberhörbar.

Peer schüttelte den Kopf. »Natürlich nicht. Andererseits stand Aussage gegen Aussage«, gab er zu bedenken. Deshalb habe er die beiden miteinander konfrontiert. Er griff in seine Jackentasche und förderte eine DVD zutage. »Hier, die hab ich extra für dich kopiert.«

»Für mich?«, wiederholte Leona begriffsstutzig.

Peer nickte. »Auf der DVD befindet sich ein Videomitschnitt der Vernehmung von Alexa Gutmann und Arved Fischler.« Er strich sich mit einer müden Geste über die Augen.

Leona öffnete den Mund, um etwas zu sagen, doch Peer kam ihr zuvor. »Als kleines Dankeschön für deine Hilfe. Ohne dich würde ich jetzt immer noch im Dunkeln tappen.« Es kostete ihn sichtlich Überwindung, das auszusprechen.

Plötzlich musste Leona an Bissati denken. »Dann ist der Fall also gelöst?«

Ihre Frage brachte Peer in Verlegenheit. »Nicht ganz.«

Leona runzelte die Stirn. »Was soll das heißen?«

Statt zu antworten, erhob Peer sich und drückte ihr die DVD in die Hand. »Mach dir am besten selbst ein Bild.« Er zögerte. »Ich muss dich allerdings vorwarnen: Das Ganze ist nichts für schwache Nerven.«

21. KAPITEL

Nachdem Peer gegangen war, legte Leona die DVD in ihren Laptop ein und startete die Wiedergabe. Das Erste, was sie zu sehen bekam, war ein fensterloser, von grellem Neonlicht erhellter Raum, in dessen Mitte sich drei Personen an einem Resopaltisch gegenübersaßen. Leonas Blick streifte erst Peer, der mit dem Rücken zur Tür Platz genommen hatte, und danach Alexa, bevor er an der dritten Person hängen blieb: einem gutaussehenden jungen Mann in einem anthrazitgrauen Dreiteiler, der ihr vage bekannt vorkam. Auch wenn sie sich nicht daran erinnern konnte, ihm schon einmal begegnet zu sein.

Inzwischen war Peer dazu übergegangen, die beiden über ihre Rechte aufzuklären und sich ihre Einwilligung zur Videoaufzeichnung einzuholen. Sobald das erledigt war, öffnete er einen vor ihm liegenden Ordner und kam direkt zur Sache.

»Herr Fischler hat ausgesagt«, begann er, »dass Sie, Frau Gutmann, mit seiner Hilfe Steuern im großen Stil hinterzogen haben.«

»Das ist eine infame Unterstellung!«, empörte Alexa sich. Leona sah, wie sie Fischlers Blick suchte.

»Leugnen ist zwecklos«, erwiderte Peer. »Uns liegen eindeutige Beweise vor. Sie haben Spendengelder und

Geld von Ihren Kunden, vermögenden Kunden, auf ein Schweizer Nummernkonto überwiesen und von dort aus wurde es weiter auf die Caymans transferiert. Mit Herrn Fischlers Hilfe.« Er hatte Fischlers Aussage zwischenzeitlich prüfen lassen. Die Beweislast war erdrückend.

»Das ist nicht wahr«, startete Alexa einen weiteren kläglichen Versuch, ihren Kopf aus der Schlinge zu ziehen. Als hätte sie begriffen, dass dies zwecklos war, ging sie zum Angriff über. Um zu retten, was zu retten war. »Hast du etwa vergessen, dass du es warst, der mir den Deal vorgeschlagen hat?«, zischte sie Fischler an.

Peer konnte sich ein zufriedenes Grinsen nicht verkneifen. Ihre Mauer war gefallen. Er musste dranbleiben, um endlich aufzuklären, wer Heintje Gutmann auf dem Gewissen hatte. Wenn er Glück hatte, würde sie durch ihren Ärger unvorsichtig werden und sich verraten. Er ignorierte Alexa bewusst, was diese nicht gewohnt war, und wandte sich an Fischler: »Was haben Sie dazu zu sagen?«

»Nichts, ich bleibe bei meiner Aussage.«

Alexa setzte zu einer Erwiderung an, wurde aber von Peer mit einem Handzeichen zum Schweigen gebracht. »Sie bekommen gleich die Möglichkeit, sich zu äußern«, sagte er und richtete seine Aufmerksamkeit wieder auf Fischler. »Wenn Sie bei Ihrer Aussage bleiben, dann weihen Sie mich bitte endlich in alle Details ein«, sagte er und kam darauf zu sprechen, dass Fischler von Alexa angeblich Konsequenzen angedroht worden waren.

»Konsequenzen?«, brauste Alexa auf, kaum dass er ausgesprochen hatte. »Was denn für Konsequenzen?«

»Genau das wüsste ich allerdings auch gern«, hakte Peer nach.

»Dazu möchte ich mich nicht äußern«, erklärte Fischler ungerührt und verschränkte die Arme vor der Brust.

Auf dem Video war zu sehen, wie Peer es ihm gleichtat. »Auch gut«, meinte er schmallippig, bevor er sich Alexa zuwandte. »Dann lassen Sie uns noch einmal auf Ihre Aussage zurückkommen, Frau Gutmann. Sie haben eben angegeben, dass von Herrn Fischler die Initiative zum Transfer der Gelder ausging. Mich würde interessieren, wie das Gespräch abgelaufen ist, als er mit dieser Idee auf Sie zuging.«

»Wir sind uns bei einem Bankenkongress begegnet. Er kam auf mich zu und sagte, dass er schon viel Gutes über meine Stiftung gehört habe«, begann sie.

»Und dann?«

»Machte er mir den Vorschlag, für mich als Mittelsmann tätig zu werden.« In Alexas Stimme hatte sich ein genervter Unterton eingeschlichen. Wahrscheinlich war sie es leid, sich ständig wiederholen zu müssen. Dabei diente das Ganze natürlich nur dazu, sie in Widersprüche zu verwickeln und so der Wahrheit um Gutmanns Tod auf die Spur zu kommen.

»Was haben Sie dazu zu sagen?«, erkundigte Peer sich bei Fischler.

»Immer noch dasselbe.«

»Dann bleiben Sie also weiterhin bei Ihrer Aussage?«

Langsam begann Leona sich zu fragen, wie lange Peer dieses ermüdende Frage-und-Antwort-Spiel noch durchziehen wollte.

»Ich sehe keine Veranlassung, nicht dabei zu bleiben«, beharrte Fischler auf seiner Version. »Ich habe Heintje eingeweiht und ihm die Liste zukommen lassen, um Alexa endlich das Handwerk zu legen. Damit habe ich mich ja auch selbst belastet, doch das war mir egal. Das Ganze sollte ein Ende finden«, ergänzte er. »Doch es hat alles nur noch schlimmer gemacht.«

»Was wollen Sie damit sagen?«, hakte Peer nach.

Fischler verdrehte die Augen. »Das liegt doch auf der Hand. Wenn jemand ein Interesse daran hat, die Sache zu vertuschen, dann sie.« Er deutete auf Alexa. »Für sie steht nicht nur der Job auf dem Spiel, sondern auch ihre Stiftung, ihr Lebenswerk. Schließlich geht es hier ja nicht nur um Steuerhinterziehung, sondern um Mord. Einen Mord, der nur aus dem einen Grund geschah, um eben diesen Tatbestand zu verschleiern.«

»Willst du mir unterstellen, ich hätte meinen Mann umgebracht?« Sie fixierte Fischler mit eiskalten Augen.

»Die Frage ist wohl eher, wie?«, erwiderte er ungerührt.

Leona sah, wie Alexa aufsprang. »Das muss ich mir nicht länger anhören, ich …«

»Setzen Sie sich bitte wieder hin«, forderte Peer sie auf, bevor er sich Fischler zuwendete: »Und Sie möchte ich bitten, sich zu mäßigen. Es deutet bislang nichts darauf hin, dass Frau Gutmann etwas mit dem Tod ihres Mannes zu tun hat.«

Seine Worte veranlassten Alexa, wieder Platz zu nehmen.

»Das sehe ich anders«, widersprach Fischler.

»Was soll das heißen?«

»Dass ich ihr eine solche Tat durchaus zutraue.«

Alexa lachte laut auf, doch ihr Gesicht wirkte seltsam starr.

»Das ist eine schwerwiegende Unterstellung«, gab Peer zu bedenken. »Ich nehme an, Sie haben gute Gründe dafür. Andernfalls …«

»Und ob ich die habe«, ereiferte Fischler sich. »Fragen Sie sie doch mal nach ihrem Bruder.« Die Worte brachen förmlich aus ihm heraus. Als hätten sie nur darauf gewartet, endlich ausgesprochen zu werden.

Alexa riss den Mund auf, um etwas zu sagen, doch über ihre Lippen kam bloß ein kehliges Krächzen. In ihren Augen stand blankes Entsetzen.

Peer hatte Mühe, sich seine Verwunderung nicht anmerken zu lassen. »Nach ihrem Bruder?« Leona konnte beinahe hören, wie es in seinem Kopf klick machte und die Puzzlestücke an die passenden Plätze fielen. Wie zur Bestätigung begann er den Ordner vor sich durchzublättern. Kurz darauf hielt er die Akte über Alexa Gutmann in den Händen. Es dauerte eine Weile, bis er die Stelle gefunden hatte, die er suchte. »Gehe ich recht in der Annahme, Sie sprechen von Gabriel?«

Bei der Erwähnung dieses Namens zuckte Alexa wie elektrisiert zusammen und stieß einen ungläubigen Schrei aus. »Woher weißt du, dass ich einen Bruder habe?«, brach es aus ihr heraus. »Und wieso …?«

»Ich weiß noch viel mehr«, fiel Fischler ihr ins Wort.

»Nämlich?«, mischte Peer sich ein, der offensichtlich gar nichts mehr verstand.

»Dass er, wenn es nach ihr gegangen wäre, jetzt tot wäre.«

»Dann lebt er also?« Man konnte sehen, wie es hinter Peers Stirn arbeitete. Auch Leonas Gedanken überschlugen sich. Als sie sah, wie Peers Blick zwischen Fischler und Alexa hin- und herwanderte, zog sie scharf die Luft ein. Konnte es sein …?

Alexa gab einen undefinierbaren Laut von sich. »Was ist mit Gabriel?«, verlangte sie zu wissen. »Was ist mit ihm geschehen?« Leona beobachtete, wie sie auf ihrem Stuhl nach vorn rutschte und die Hände nach Fischler ausstreckte. Es war eine beschwörende Geste. Eine Geste, auf die Fischler mit Rückzug reagierte. Er schob seinen Stuhl zurück und warf ihr einen vernichtenden Blick zu.

»Was ist? Warum sagst du denn nichts. Ich will doch nur …« Ihre Stimme brach.

»Vielleicht wartet er darauf, dass Sie von allein darauf kommen.« Peers Wortwahl ließ erahnen, auf welch dünnem Eis er sich wähnte. Auf einmal schien elektrische Spannung in der Luft zu liegen. Leona wagte kaum zu atmen.

Alexa schien irritiert. »Worauf?«

»Darauf, dass er Ihr Bruder ist.«

Nun war es heraus, das Ungeheuerliche in Worte gefasst.

Alexa wurde aschfahl. »Du? Du sollst Gabriel sein?«, stieß sie ungläubig hervor. Sie sahen einander an. Bruder und Schwester.

Leona fragte sich, warum sie nicht von selbst darauf gekommen war. Die Ähnlichkeit war schließlich unübersehbar. Das schien auch Alexa zu begreifen. Es war, als sähe sie Fischler zum ersten Mal. »Aber wie?«

»Tu doch nicht so scheinheilig«, brauste Fischler auf.

Statt etwas zu erwidern, schlug Alexa sich die Hand vor den Mund und starrte ihn aus großen Augen an. Ihr Blick war glasig und abwesend.

»Und jetzt sag mir endlich, warum du mich damals aus dem Weg räumen wolltest.«

»Oh mein Gott!«, würgte Alexa hervor. Sie sah aus, als würde sie kurz vor einem Nervenzusammenbruch stehen.

»Der kann dir auch nicht mehr helfen«, knurrte Fischler.

»Wieso aus dem Weg räumen?«, hakte Peer begriffsstutzig nach.

»Wieso? Na, wieso schon? Weshalb glauben Sie, setzt man einen wehrlosen Säugling mitten im Wald aus? Noch dazu am Rand eines Sees? Bestimmt nicht, um ihm ein einmaliges Naturerlebnis zu verschaffen.« Fischler schluckte. »Wahrscheinlich sollte ich dort jämmerlich verrecken. Aber daraus ist leider nichts geworden.« Er hatte sich in Rage geredet, seine grauen Augen sprühten vor Hass. Unbändige Wut auf den Menschen, der ihm das angetan hatte, durchflutete ihn.

Alexa presste die Hände auf die Ohren und stieß einen markerschütternden Schrei aus. Einen Schrei, der Leona durch Mark und Bein ging.

Peer hatte Mühe, sich seine Erschütterung nicht anmerken zu lassen. »Woher wissen Sie das alles?«, erkundigte er sich tonlos.

»Von der Frau, die mich aufgenommen und damit vor dem sicheren Tod gerettet hat«, sagte Fischler, ohne Alexa dabei aus den Augen zu lassen. »Du warst damals nämlich nicht allein im Wald. Es gab eine Zeugin. Jemanden, der gesehen hat, wie du mich im Schilf abgelegt und dann das Weite gesucht hast. Weg von dem lästigen kleinen Balg«, schleuderte er ihr hasserfüllt entgegen.

Leona sah, wie Alexa zusammenzuckte. Wie sie unter der Wucht seiner Worte zusammenzuschrumpfen begann.

»Aber das stimmt doch gar nicht«, beeilte sie sich ihm mit zittriger Stimme zu versichern. »Das ist ein Irrtum. Ein ganz furchtbarer Irrtum. Ich hab dich nicht ausgesetzt, um dich zu töten, sondern um dich zu beschützen.« Ihre Worte gingen in ein Wimmern über.

»Beschützen?« Fischlers Fassungslosigkeit war mit Händen zu greifen. »Dass ich nicht lache. Vor wem hättest du mich denn beschützen sollen?«

»Vor deinem … unserem Großvater.« Es schien Alexa unendlich viel Überwindung zu kosten, die Worte auszusprechen. »Weil ich nicht wollte, dass er dir das Gleiche antut wie mir.«

Plötzlich wirkte Fischler verunsichert. »Was hat er dir denn angetan?«

»Er hat mich missbraucht. Schon als ich noch ganz klein war. So alt wie du damals.«

»Was für ein Schwachsinn!« Fischler schüttelte sich angewidert. »Oder hast du etwa vergessen, dass ich damals erst acht Wochen alt war?«

Seine Worte veranlassten Leona, sich ihre erste bewusste Erinnerung ins Gedächtnis zu rufen. Je länger sie darüber nachdachte, desto mehr Bilder stürmten auf sie ein, und sie wurde immer unsicherer, was davon die erste bewusste Erinnerung war. Kein Wunder, dass für die allermeisten Menschen die Anfänge ihres Lebens in völligem Dunkel lagen.

»Ich weiß durchaus, wie alt du damals warst«, beharrte Alexa.

»Dann weißt du hoffentlich auch, dass es unmöglich ist, sich an Dinge aus dieser Zeit zu erinnern.«

»Wer spricht denn von erinnern? Ich habe es gesehen.«

»Gesehen?«, schnaubte Fischler mit hochrotem Kopf. »Hast du völlig den Verstand verloren?«

»Es war, als würde ich mir einen Film anschauen«, fuhr Alexa ungeachtet seines Einwandes fort. »Einen Film, in dem ich die Hauptdarstellerin war.«

»Ich glaube nicht, dass ich mir das noch länger anhören muss«, sagte Fischler und machte Anstalten, sich zu erheben.

»Hinsetzen«, schnauzte Peer ihn an. »Wir sind hier nicht im Kindergarten, sondern bei einer Vernehmung.« Seinen Worten war die Anspannung anzumerken, unter der er stand. Während sich zwischen den beiden Männern eine hitzige Diskussion entfachte, schloss Leona die Augen und versuchte sich zu konzentrieren. Sie hatte schon einmal von dem Phänomen gehört, das Alexa beschrieben hatte. Es gibt dafür sogar einen medizinischen Fachbegriff, schoss es ihr durch den Kopf: Flashback. Es wurde durch einen Schlüsselreiz ausgelöst. In Alexas Fall könnte das der Anblick ihres Großvaters gewesen sein. Dabei fühlt sich die betroffene Person plötzlich für kurze Zeit in eine Situation aus ihrer Vergangenheit zurückversetzt. So, als würde sie diese erneut durchleben. Als eine besonders intensive Form von Erinnerung.

Leona versuchte sich ins Gedächtnis zu rufen, was sie sonst noch darüber wusste: Bei traumatisierten Menschen konnte ein Flashback allein durch eine bedrohlich wirkende Situation ausgelöst werden. Er konnte aber auch Symptom einer Posttraumatischen Belastungsstörung oder einer Zwangsstörung sein. Leona musste daran denken, was Gaby ihr über Alexa erzählt hatte: an ihr seltsames Verhalten und ihren Kontrollzwang.

»Dabei«, hörte Leona Alexa wie zur Bestätigung sagen, »befand ich mich in einem Zustand, an den ich mich im Nachhinein nur noch dunkel erinnern konnte.« Sie schien nach einer passenden Umschreibung zu suchen. »Ich war wie in Trance. So, als ob ich mir von oben selbst zusehen würde.«

»Zusehen, wobei?«, warf Fischler ein.

Alexas Gesicht verzog sich wie vor Schmerz. »Wie mich dieser alte Mistkerl missbraucht hat«, brach es aus ihr heraus.

»Einen Säugling?« Die Skepsis in Fischlers Stimme war unüberhörbar.

»Ich hoffe, du zwingst mich nicht, zu beschreiben, was er mir angetan hat.« Alexa schluckte. »Es gibt unendlich viele Spielarten der Perversion. Und nicht alle hinterlassen sichtbare Spuren.«

Fischler glaubte ihr nicht. »Du hättest dich jemandem anvertrauen können.«

Alexa schüttelte resigniert den Kopf. »Das sagt sich so leicht. Er war mein Großvater. Ich hatte keine Beweise.

Wer hätte mir schon geglaubt? Ich war doch noch ein Kind!«

»Deine Eltern?«, schlug Fischler aufgewühlt vor. »Sie hätten dich vor ihm beschützt.«

»Die und mich beschützen? Die waren viel zu sehr mit sich selbst beschäftigt, als dass sie mitbekommen hätten, was da lief. Und selbst wenn: Meine Mutter hätte sich lieber die Zunge abgebissen, als zuzugeben, dass ihr Vater … dass er …« Ihre Worte gingen in einem Schluchzen unter. Leona sah, wie Peer ihr ein Päckchen Papiertaschentücher über den Tisch schob. Es dauerte einen Moment, bis Alexa sich so weit beruhigt hatte, um weitersprechen zu können.

»Außerdem hat er mir mit dem bösen Wolf gedroht. Damit, dass er mich fressen würde.« Alexas Blick war ins Leere gerichtet. »Genau wie in der Geschichte von Rotkäppchen, die er mir damals immer vorgelesen hat«, sagte sie mit kindlicher Stimme. »Nur dass bei mir niemand käme, um mich zu befreien.«

Leona konnte Fischler sein Unbehagen ansehen. »Und das hast du ihm geglaubt?«

»Ich war noch so jung. Woher hätte ich wissen sollen, dass es sich um eine leere Drohung handelte? Das ist mir erst später aufgegangen. Als ich zu groß für seine Spielchen wurde und er das Interesse an mir verlor.« Alexa fuhr sich mit einer müden Geste über die Augen. »Als wir nach Medorf gezogen sind, dachte ich, der Spuk hätte endlich ein Ende. Aber dann stand er plötzlich in unserem Garten und hat sich über deinen Kinderwagen gebeugt, in dem du lagst und schliefst. Und in diesem Moment wusste ich, dass es nie ein

Ende haben würde.« Ihre Stimme glich hauchdünnem Porzellan.

Fröstelnd griff Leona nach der Bettdecke und hüllte sich darin ein. Am liebsten hätte sie sich die Decke über den Kopf gezogen, um nichts mehr hören und sehen zu müssen. Wenn es stimmte, was Alexa sagte, dann wurde sie gerade Zeuge, wie sich ein erschütterndes Familiendrama aufklärte. Jetzt verstand sie auch, warum Peer vorhin so aufgewühlt gewesen war, als er ihr die DVD vorbeigebracht hatte.

»Ich kannte die Art, wie er dich ansah«, riss Alexa sie aus ihren Überlegungen. »Genauso hat er mich immer angeschaut, bevor …« Sie stockte.

Leona sah, wie Fischler den Mund öffnete, nur um ihn gleich darauf wieder zu schließen. Wahrscheinlich hatte er erkannt, dass es Momente gab, in denen es besser war, nichts zu sagen.

Alexas Gesicht hatte jeglichen Ausdruck verloren. Sie schien in Gedanken ganz woanders zu sein. »Und plötzlich war ich wieder mittendrin«, begann sie zaghaft. »Ein kleines Mädchen, das nur einen Weg sah, um dich vor ihm zu beschützen.«

Die Erkenntnis traf Fischler wie ein Blitz. »Deshalb hast du mich in den Wald gebracht?«

Alexas Augen schimmerten feucht. »Ich musste dich doch vor ihm in Sicherheit bringen«, sagte sie, als sei es für ein gerade mal zwölfjähriges Mädchen das Selbstverständlichste auf der Welt, eine solche Entscheidung zu treffen. »Ich meine, wie hätte ich denn wissen sollen, dass du nicht mehr da sein würdest, wenn ich zurückkomme.« Sie sah ihn gequält an. »Weißt du eigentlich, was ich mir deshalb für Vorwürfe gemacht habe?«, fragte sie, nur um gleich darauf hinzuzufügen, dass es seither keinen Tag gab, an dem sie nicht an ihn gedacht, sich nicht den Kopf darüber zermartert habe, was aus ihm geworden sei. Nachdem sie geendet hatte, sank Alexa in sich zusammen und wirkte, als nähme sie nichts mehr von ihrer Umgebung wahr.

Fischler schien es ähnlich zu gehen. Er hielt den Kopf gesenkt und atmete schwer. Leona konnte spüren, wie all sein seit Jahren aufgestauter Zorn verraucht war und stattdessen einer großen Hilflosigkeit Platz gemacht hatte.

Für einen Moment war es ganz still. Selbst Peer, den sonst nichts so schnell aus der Fassung brachte, brauchte etwas Zeit, um sich zu sammeln.

»Was ist eigentlich aus Ihrem Großvater geworden?«, fuhr er schließlich mit belegter Stimme fort.

Alexas Blick wurde zu Raureif. »Keine Sorge, der hat seine gerechte Strafe bekommen.« Die Art und Weise, wie sie das sagte, ließ Leona erkennen, dass es besser war, Details unausgesprochen zu lassen.

Das schien auch Peer zu begreifen. Statt weiter in Alexa zu dringen, wechselte er das Thema und kam noch einmal auf den Tag von Gabriels Verschwinden zurück. »Herr Fischler«, wandte er sich dem sichtlich Erschütterten zu, »Sie sprachen von einer Frau, die Sie an Kindes statt angenommen hat.«

Fischler nickte wie in Trance. »Meine Mutter.« In seiner Stimme lag eine tiefe Zärtlichkeit. »Jedenfalls habe ich das bis kurz vor ihrem Tod geglaubt. Bis sie mir erzählte, was sich damals wirklich zugetragen hatte.«

Er hob den Kopf und sah zu Alexa hinüber. Um seinen Mund lag ein schmerzlicher Zug, der ihn um Jahre gealtert wirken ließ. »Sie hat beobachtet, wie du mich ausgesetzt hast.« Er räusperte sich. »Vielleicht sollte ich hinzufügen, dass auch sie sich damals in einer Ausnahmesituation befand. Sie hatte kurz zuvor den Mann und dann auch noch ihr damals erst wenige Wochen altes Kind verloren.«

»Ihr Kind?«, wiederholte Peer.

Fischler nickte gedankenverloren. »Es lag eines Morgens tot in seinem Bettchen. Keine Ahnung, woran es gestorben war. Wahrscheinlich ein Fall von plötzlichem Kindstod. So was kommt ja leider immer mal wieder vor. Meine Mutter, nun, sie war damals wie gelähmt. Unfähig, einen Arzt zu rufen. Schließlich hätte der ihrem Kind auch nicht mehr helfen können.«

Leona spürte, wie viel Überwindung es ihn kostete, darüber zu reden. »Nachdem sie mehrere Tage und Nächte neben ihrem toten Sohn ausgeharrt hatte, fasste sie den Entschluss, sich das Leben zu nehmen«, fuhr Fischler fort. »Sie ging in den Wald zu einem kleinen See, der ihr für ihre Zwecke geeignet erschien. Sie stand bereits bis zum Hals in dem von einem dichten Schilfgürtel umgebenen Wasser, als sie dich kommen sah.« Er hielt inne und fuhr sich mit der Hand durchs Haar. »Dieser Tag hat ihr ganzes Leben verändert, ihm einen völlig neuen Sinn gegeben: Sie wollte mich in Sicherheit bringen und großziehen. Wie sich zeigen sollte, war es kein Problem, mich als ihr Kind auszugeben. Schließlich wusste niemand, dass ihr Sohn tot war. Was ihr weit mehr Kopfzerbrechen bereitete, waren die Wellen, die mein Verschwinden geschlagen hatten. Sie waren so hoch, dass sie es für ratsam hielt, sich mit mir ins Ausland abzusetzen. In die Schweiz, nach Zürich, wo sie bis zu ihrem Tod lebte. Als sie sich mir kurz davor anvertraute, war ich 18 Jahre alt. Seither verspürte ich nur noch den Wunsch, mich an dir zu rächen. Dafür, was du mir angetan hast. Ich meine, wie hätte ich denn ahnen sollen, dass du …, dass du …?« Seine Stimme brach und ging in ein trockenes Schluchzen über.

»Dann war das mit der Steuerhinterziehung also nur Mittel zum Zweck, um Rache an Ihrer Schwester zu nehmen?«, erkundigte Peer sich so behutsam, als würde er ihn nicht vernehmen, sondern sich einfach nur für die Hintergründe interessieren.

Auf dem Bildschirm war zu sehen, wie Fischler einen langen, tiefen Atemzug tat und die Augen schloss. Als er sie kurz darauf wieder öffnete, hatte sich ihr Ausdruck verändert. »Ich möchte ein Geständnis ablegen«, sagte er mit fester Stimme.

Während Alexa seine Ankündigung regungslos zur Kenntnis nahm, lehnte Peer sich schweigend zurück.

»Als meine Mutter damals starb«, begann Fischler mit in die Ferne gerichtetem Blick, »befand ich mich gerade mitten in den Abiturprüfungen, die ich trotzdem als einer der Jahrgangsbesten bestand. Das Lernen ist mir von jeher leichtgefallen. Ursprünglich wollte ich dann Medizin studieren«, holte er aus, »habe aber auf Finanzwirtschaft umgeschwenkt.« Was, wie er betonte, nicht zuletzt daran lag, dass Alexa sich seinerzeit für dieses Studium entschieden hatte. Schließlich habe er damals schon nach einer Möglichkeit gesucht, um sich an ihr zu rächen. Was wäre da besser geeignet gewesen als die Finanzbranche mit ihren vielfältigen Möglichkeiten, um Alexa mit ihren eigenen Waffen zu schlagen.

»Ich hatte einen Privatdetektiv mit ihrer Überwachung beauftragt«, erklärte er. »Dadurch wusste ich über jeden von Alexas Schritten Bescheid, darüber, dass sie inzwischen als Anlageberaterin tätig war, und auch über ihre Vergangenheit.« Fischlers nächste Worte waren direkt an seine Schwester gerichtet. »Du standest in dem Ruf, ehrgeizig zu sein. Warst morgens die Erste, die kam, und abends die Letzte, die ging. Dennoch hättest du es aus eigener Kraft nie bis nach oben geschafft. Dazu hättest du in einer anderen Position sein müssen. In einer Position wie der, in die ich dich gebracht habe – bringen musste«, konkretisierte er, »weil mein Plan sonst nicht aufgegangen wäre.«

Leona sah, wie Alexa langsam den Kopf hob und Fischler mit weit aufgerissenen Augen anstarrte. »Was willst du damit sagen?«

Fischler presste die Lippen zusammen, bevor er antwortete: »Erinnerst du dich an unser erstes Zusammentreffen? Ich habe dir damals ganz nebenbei von diesem privaten Bankhaus auf Rügen erzählt. Davon, dass dort jemand für eine Führungsposition in der Anlageberatung gesucht wird.«

Es dauerte einen Moment, bis Alexa begriff. »Aber woher ...?«

»Woher ich wusste, dass du dich dafür bewerben würdest?« Fischler lachte auf. Es war ein leises und unfrohes Lachen. »Das war nun wirklich kein Kunststück. Schließlich kannte ich dich inzwischen gut genug, um zu wissen, dass du dir eine solche Chance nie und nimmer entgehen lassen würdest.«

»Dann war das Ganze also nur Teil eines lange verfolgten und vorbereiteten Plans?«

Leona hatte das Gefühl, als würde in Alexa etwas zerbrechen. Vielleicht der Glaube an das Gute im Menschen, auf das sie trotz allem, was ihr widerfahren war, noch immer zu vertrauen schien.

»Als ich dich erst einmal dort hatte, wo ich dich haben wollte, war der Rest ein Kinderspiel«, fuhr Fischler fort. »Du warst in deiner neuen Position niemandem mehr Rechenschaft schuldig. Niemandem, außer den Vorständen deiner Bank. Von denen wiederum dürfte kaum jemand ein Interesse daran gehabt haben, dich auffliegen zu lassen. Schließlich profitierten sie ja auch durch dich«, meinte er unter Verweis auf das Ansehen, das die Oseba dank der von Alexa akquirierten Kunden in der öffentlichen Wahrnehmung genoss, und erwähnte noch den Imageschaden, den der Skandal um die Steuerhinterziehung zur Folge gehabt hätte.

Plötzlich musste Leona an ihr Beratungsgespräch denken und an den Anruf, den Alexa in ihrer Gegenwart entgegengenommen hatte. Mit Sicherheit würde ein Mann wie Doktor Stührenberger alles in seiner Macht Stehende tun, um zu verhindern, dass seine über die Oseba abgewickelten Schwarzgeldgeschäfte an die Öffentlichkeit drangen. Es brauchte schließlich nicht allzu viel Fantasie, um sich auszumalen, was das für ihn bedeutet hätte. Und nicht nur für ihn.

»Nachdem es mir gelungen war, dich für meine Pläne zu gewinnen, bedurfte es von meiner Seite aus nur noch ein paar Anrufe bei der richtigen Stelle«, riss Fischlers Stimme sie aus ihren Überlegungen.

Alexa sah ihn mit großen Augen an. »Was soll das heißen?«

»Dass ich es war, der dich zu der gemacht hat, die du jetzt bist«, stellte Fischler klar. »Zu einer erfolgreichen Geschäftsfrau, zu deren Kunden äußerst einflussreiche Männer zählen. Und das nicht nur in finanzieller, sondern auch in politischer Hinsicht.«

Alexas Gesichtsausdruck ließ keinen Zweifel daran, dass sie genau wusste, worauf er anspielte.

»Ich bin sicher, jeder Einzelne von ihnen würde alles dafür tun, um nicht ins Visier der Steuerfahndung zu geraten. Insofern hattest du freie Hand, zu tun und zu lassen, was immer du wolltest. Das«, stellte er klar, »wäre in deinem alten Job undenkbar gewesen.«

»Was wollen Sie damit sagen?«, erkundigte Peer sich.

»Ich fürchte, Ihnen das zu erklären, würde zu weit gehen.«

»Das sehe ich anders«, entgegnete Peer. »Wir sprechen hier immerhin von Verstößen gegen das Wertpapierhandelsgesetz, und was Sie da andeuten, klingt für mich ganz danach, als …«

»Die Frage ist nicht, wie, sondern ob man gegen solche Verstöße vorgeht«, stellte Fischler in Hinblick auf die Oseba klar.

Peers Mienenspiel ließ keinen Zweifel daran, wie er darüber dachte. »Dann haben Sie Ihre Schwester also nicht nur zur Steuerhinterziehung angestiftet«, fasste er zusammen, »sondern auch noch für die passenden Rahmenbedingungen gesorgt?«

Fischler unternahm nicht einmal den Versuch, das abzustreiten. »Wenn Sie glauben, ich wäre stolz darauf, dann irren Sie sich. Alles, was ich wollte, war Rache. Rache dafür, was sie mir angetan hat.«

»Und weil Sie sie dafür auf normalem Weg nicht zur Rechenschaft ziehen konnten, haben Sie es auf diese Weise versucht«, ergänzte Peer angewidert. »War der Preis dafür wirklich den Aufwand wert?«, fragte er, ohne Fischler dabei aus den Augen zu lassen.

»Bis vor Kurzem hätte ich Ihre Frage bejaht. Aber nach dem, was ich jetzt weiß …«

Er musste den Satz nicht vollenden. Peer verstand auch so, was er damit zum Ausdruck bringen wollte.

Fischler streckte seine Hand nach Alexa aus, hielt mitten in der Bewegung inne und zog sie wieder zurück. Er versuchte ein Schluchzen zu unterdrücken, doch die Anspannung, unter der er stand, war einfach zu groß. Am ganzen Körper zitternd, schlug er die Hände vors Gesicht und ließ seinen Gefühlen freien Lauf. Nachdem er sich etwas beruhigt hatte, hob er den Kopf und sah zu Alexa hinüber. »Es tut mir leid. Nicht nur das, was ich dir angetan habe, sondern auch all das Leid, das ich dir zugefügt habe«, meinte er in Anspielung auf all die Jahre der Ungewissheit. In seiner Stimme schwang aufrichtige Reue mit. Und an seiner gebeugten Körperhaltung ließ sich unschwer erkennen, dass er von nun an als ein anderer durchs Leben gehen würde: als ein Mensch auf der Suche nach Absolution.

Alexa ließ alles ohne die geringste Regung über sich ergehen. Ihr Gesicht war zur Maske erstarrt. Es schien sie nicht zu interessieren, was er zu sagen hatte. Nicht mehr.

»Wie es aussieht, kommt Ihre Reue zu spät«, fasste Peer zusammen. »Zumal wir es hier nicht nur mit Wirtschaftskriminalität zu tun haben, sondern obendrein auch noch mit einem Kapitalverbrechen«, brachte er die Sprache auf Gutmann und damit auf den Ausgangspunkt zurück.

Fischler hatte ihm mit gesenktem Haupt und gefalteten Händen zugehört. Er wirkte am Boden zerstört. »Sie können mir glauben, dass ich mein Handeln zutiefst bedaure. Aber mit dem Mord an Heintje habe ich nichts zu tun«, beteuerte er.

»Bis auf die Tatsache, dass er wegen der Liste, die Sie ihm ausgehändigt haben, sterben musste«, widersprach Peer.

Darauf wusste Fischler nichts zu erwidern. Und auch Alexa machte keine Anstalten, etwas zu sagen. Sie kauerte wie ein Häufchen Unglück auf ihrem Stuhl und sah aus, als würde sie nichts mitbekommen von dem, was um sie herum geschah. Sie zitterte am ganzen Körper und starrte mit weit aufgerissenen Augen vor sich hin. Ihre auf dem Tisch liegenden Hände ballte sie dabei in schöner Gleichmäßigkeit zu Fäusten und öffnete sie wieder.

Mit einem tiefen Seufzer schob Peer seinen Stuhl zurück und erhob sich. Anscheinend hatte er begriffen, dass der Versuch zwecklos war, jetzt noch etwas aus ihr herauszubringen. Er ging zu Alexa hinüber und legte seine Hand behutsam auf ihre Schulter. »Solange der Mord an Ihrem Mann nicht vollständig aufgeklärt ist, muss ich Sie vorläufig festnehmen. Das gilt auch für Sie«, sagte er zu Fischler. »Sie stehen beide unter Mordverdacht.« Kurz darauf endete die Videoaufzeichnung und Leonas Bildschirm war von weißem Rauschen erfüllt.

22. KAPITEL

Eine ihr vorsorglich verabreichte Injektion ließ sie in einen tiefen, traumlosen Schlaf fallen. Als sie in ihrer Zelle erwachte, begann draußen bereits ein neuer Morgen. Es dauerte einen Moment, bis sich der Nebel in ihrem Kopf lichtete. Bis sie begriff, wo sie sich befand und was geschehen war. Der Gedanke war so unerträglich, dass sie sich wimmernd zusammenrollte und die Decke über den Kopf zog. Bloß nichts hören und sehen müssen. Doch die Erinnerung ließ sich nicht ausblenden. Genauso wenig wie die Bilder, die aus den Tiefen ihres Bewusstseins auf sie einstürmten. Bilder, die nicht das kleinste Detail aussparten und aus deren Mitte sich plötzlich das Gesicht ihres Mannes herauszukristallisieren begann. Auch wenn er das nur auf dem Papier gewesen war – dabei hatte er nichts unversucht gelassen, um ihr ein guter Ehemann zu sein. Was wohl gewesen wäre, wenn …?

Obwohl sie wusste, dass es für derartige Gedankenspiele zu spät war, überkam sie eine tiefe Reue. Das war umso erstaunlicher, da dieses Wort in ihrem Sprachschatz praktisch nicht vorkam. Genauso wenig wie das Wort »Gefühl«. Immer wenn sie sich davon hatte leiten lassen, war es schiefgegangen. Gründlich schief. Sie brauchte nur an ihren Bruder zu denken.

Daran, was sie angerichtet hatte, weil sie ihn beschützen wollte. Tu nichts Gutes, dann widerfährt dir nichts Böses, hatte schon ihre Großmutter zu sagen gepflegt. Warum hatte sie sich bloß nicht daran gehalten? Doch wenn sie ehrlich zu sich selbst war, wusste sie genau warum: Sie hatte noch nie wegsehen können, wenn andere Menschen in Bedrängnis waren. Schließlich war sie selbst ein gebranntes Kind. Jemand, der wusste, wie es sich anfühlt, wenn bei stürmischer See kein rettender Hafen in Sicht war. Der Gedanke brachte sie wieder zu Heintje zurück. Er hatte schon bei ihrer ersten Begegnung etwas ungemein Vertrauenerweckendes ausgestrahlt. Etwas, wonach sie sich instinktiv ein Leben lang gesehnt hatte. Plötzlich stand ihr wieder jener schicksalhafte Frühlingstag vor Augen, an dem er in ihr Leben getreten war, um sie vor einer Horde pöbelnder Jugendlicher zu beschützen. Das Selbstverständnis, mit dem er sich für sie eingesetzt hatte, hatte sie derart beeindruckt, dass sie es nicht übers Herz brachte, ihm einen Korb zu geben, als er sie fragte, ob sie mit ihm zu Abend essen würde. Auch wenn sich das im Nachhinein als folgenschwerer Fehler erweisen sollte. Ein Fehler, der drei Monate später vor dem Traualtar seinen Fortgang nahm.

Sie sah sein strahlendes Gesicht in diesem Moment vor sich, als er ihr den Ring über den Finger gestreift hatte. Ein Strahlen, das schon bald verblassen sollte, um Hoffnungslosigkeit zu weichen. Dabei hatte er sich nur nach ein paar liebevollen Worten gesehnt. Danach, sie hin und wieder in den Arm zu nehmen. Doch selbst dazu hatte sie sich nicht durchringen können. Die ihr in ihrer Kindheit zugefügten Verletzungen saßen einfach zu tief. Sie hatte ihn schließlich nur deshalb geheiratet, weil er der erste und einzige Mann in ihrem Leben gewesen war, der ihr je ein Gefühl von Sicherheit vermittelt hatte: Jemand, auf den sie sich verlassen konnte, bei dem sie Zuflucht fand und der immer hinter ihr stand. Auch wenn Heintje das nicht wissen konnte. Sie hatte nie ein Wort darüber verloren. Dabei wäre es sicher kein Fehler gewesen, ihn ins Vertrauen zu ziehen. Vielleicht hätte er sich dann besser in sie hineinversetzen können. Schließlich hatte er aufgegeben und sich von ihr abgewandt. Zuerst resigniert, später wurde er verbittert und zynisch. Im Grunde konnte sie es ihm nicht verdenken, dass er sich in dieser Situation auf Fischlers Seite geschlagen hatte. Nicht, um sich an ihr zu rächen. Dazu wäre er nie fähig gewesen. Doch sie hatte seinen ausgeprägten Gerechtigkeitssinn und seine Korrektheit unterschätzt. Vor allem, wenn es darum ging, Gesetzesverstöße zu ahnden. Sie sah wieder sein empörtes Gesicht vor sich, als er sie mit den Vorwürfen konfrontierte, die Fischler gegen sie erhoben hatte. Seine Worte hatten keinen Zweifel daran gelassen, was er von ihr erwartete. Um seiner Forderung Nachdruck zu verleihen, hatte er ihr ein Ultimatum gestellt. Spätestens da war ihr klar geworden, dass er seine Drohung wahrmachen würde und sie nichts tun konnte, um ihn davon abzuhalten. Nichts, bis auf …

Sie verbot sich, darüber nachzudenken, versuchte, den Gedanken zu verdrängen. Doch er ließ sie einfach nicht mehr los, haftete wie eine Klette an ihr und verstärkte ihre Schuld. Es hatte sie schließlich niemand dazu gezwungen. Ganz im Gegenteil: Sie hätte nur alles gestehen und die gerechte Strafe dafür auf sich nehmen müssen. Wobei das leichter gesagt als getan war. Immerhin ging es dabei nicht nur um ihre Zukunft, sondern auch um die ihrer Stiftung. Und damit um ihr Lebenswerk, wofür sie jahrzehntelang hart gearbeitet hatte und alles getan hätte. Auch die Grenzen der Legalität zu überschreiten.

Im Grunde konnte sie Fischler keinen Vorwurf daraus machen, dass er das erkannt und für seine Zwecke auszunutzen verstanden hatte. Ihre Lippen formten stumm seinen Namen. Doch es gelang ihr einfach nicht, ihn auszusprechen. Und das, obwohl er ihr Bruder war.

Allein der Gedanke daran, wozu ihn seine vermeintliche Rache getrieben hatte, versetzte ihr einen schmerzhaften Stich. Diese Wunde würde wohl nie verheilen. Nicht nach alledem, wozu sich ihr Leben in den letzten Tagen und Wochen entwickelt hatte: zu einem wahren Albtraum, in dem es keine Gewinner gab, geben konnte. Sie wusste nur, dass sie immer wieder so handeln würde. Ihre Stiftung war alles für sie, alles, was ihr jemals wichtig gewesen war. Durch sie fühlte sie sich wichtig und bedeutsam. Außerdem hatte sie das Gefühl, sich von einem Teil der Scham, des Ekels und der Schuldgefühle von damals befreien zu können, indem sie anderen Opfern half. Opfer, so wie sie dereinst. Junge Menschen, denen sie durch ihre Stiftung zu einem neuen Leben verhelfen wollte, zu einem Leben ohne Gewalt und Erniedrigung. Auch wenn sie dafür über Leichen gehen musste – und das nicht nur im sprichwörtlichen

Sinn. Wenn sie ein Ziel verfolgte, kannte sie keine Skrupel. Ihr Unterbewusstsein versuchte, die Erinnerung daran auszublenden, um ihr die Details zu ersparen. Doch sie ließ sich nicht verdrängen, genauso wenig wie all das Böse, das schon immer wie ein zweites Ich unter der Oberfläche geschlummert hatte und von dem sie inzwischen wusste, dass es jederzeit wieder die Oberhand gewinnen konnte. Es war sinnlos, dagegen anzukämpfen. Schon deshalb, weil der eine Teil von ihr nicht ohne den anderen überleben konnte.

Aufgewühlt tastete sie nach dem Siegelring an ihrer rechten Hand, den sie von ihrer Mutter zur Firmung geschenkt bekommen hatte. Man musste genau hinsehen, um zu erkennen, dass sich unter der gewölbten Oberfläche ein aufklappbares Geheimfach verbarg.

Auch der Ring ihres Großvaters hatte ein solches Geheimfach besessen. Bevor sie ihn damit beerdigt hatten, hatten sich darin noch zwei von ursprünglich drei kleinen, unscheinbaren Kapseln befunden, von denen sie ihn einmal zu ihrer Mutter hatte sagen hören, sie enthielten Zyanid. Damals war sie acht Jahre alt gewesen und konnte mit dieser Aussage nichts anfangen. Inzwischen wusste sie, wie schnell und unwiderruflich ein Menschenleben mit diesem Gift ausgelöscht werden konnte. Was zur Folge hatte, dass sich jetzt nur noch eine Kapsel in ihrem Besitz befand, als hätte das Schicksal sie in weiser Voraussicht für sie aufgespart. Für einen Moment wie diesen. Sie schluckte hart. Es war schließlich nur eine Frage der Zeit, bis die Polizei alle Zusammenhänge erkannt hätte und sie dafür zur Verantwortung ziehen würde.

Sich vom Gang her nähernde Schritte mahnten sie zur Eile. Sie schob die Decke beiseite. Als sie sich aufsetzte, wurde ihr schwarz vor Augen. Gleichzeitig spürte sie, wie sie zurückglitt, wie sie hinabgezogen wurde, immer tiefer und tiefer, hinab in die Vergangenheit. Dabei wurde ihr Kopf mit Bildern aus ihren Kindertagen geflutet, wieder einmal. Doch diesmal war es anders, denn all das Schreckliche, was sie erlebt hatte, wurde ausgeblendet.

Sie sah sich Hand in Hand mit ihrem Bruder inmitten einer Wiese stehen; Gänseblümchen blühten, Bienen summten und die Sonne schien warm auf sie herab. Während sie die in warmes Licht getauchte Szene auf sich wirken ließ, begann sich ein tiefer Frieden in ihr auszubreiten. Dabei war das Ganze nur ein Produkt ihrer Fantasie. Einzig dazu da, um ihr zu zeigen, wie es hätte sein können, wenn, ja wenn …

Bevor sie den Faden weiterspinnen konnte, begannen die Bilder sich bereits zu verflüchtigen. Und mit ihnen alles, was sie bis zu diesem Augenblick noch mit dem Leben verbunden hatte. Ein Leben, das sie mit der Last ihrer Schuld zu erdrücken drohte.

23. KAPITEL

Während er darauf wartete, dass sie seinen Anruf entgegennahm, bemühte er sich darum, seine aufsteigende Panik niederzukämpfen. Sie ist schließlich eine viel beschäftigte Frau, versuchte er sich zu beruhigen. Da konnte es schon mal vorkommen, dass sie nicht erreichbar war.

Nachdem er seinen Namen auf ihrer Mailbox mit der Bitte um Rückruf hinterlassen hatte, legte er auf und wartete. Doch seine Geduld wurde auf eine harte Probe gestellt. Eine halbe Stunde und fünf weitere fehlgeschlagene Versuche später lagen seine Nerven endgültig blank. Er musste dringend mit ihr reden. Die Sache duldete keinen Aufschub. Also setzte er sich ins Auto und fuhr los: Nur um zu erfahren, dass er sich den Weg hätte sparen können.

»Tut mir leid. Frau Gutmann ist momentan nicht im Haus«, gab ihm die Bankangestellte mit einem bedauernden Lächeln zu verstehen.

»Dann warte ich eben, bis sie zurückkommt«, erwiderte er nichtsahnend.

»Ich glaube nicht, dass das so schnell der Fall sein wird.«

»Was soll das heißen?«

Die Frau sah sich um, um sicherzugehen, dass niemand

sie hören konnte. »Dass sie die Bank in Begleitung von zwei Polizeibeamten verlassen hat.«

Das musste er erst einmal verdauen. Aus seinem Gesicht war sämtliche Farbe gewichen. Er fühlte sich, als hätte man ihm einen Stoß in die Magengrube verpasst. Nachdem er sich von seinem Schreck erholt hatte, stürmte er grußlos nach draußen. Im Nachhinein konnte er sich nicht mehr daran erinnern, wie er zu seinem Auto gelangt war. In seinem Kopf herrschte ein heilloses Durcheinander. Polizei. Das konnte nur bedeuten, dass seine Anlageberaterin verhaftet worden war. Deshalb ging sie auch nicht ans Telefon. Einen Fluch unterdrückend, startete er den Motor und fädelte sich in den Verkehr ein. Nur die Ruhe, ermahnte er sich, als er kurz darauf von einer roten Ampel ausgebremst wurde. Er konnte es sich nicht leisten, jetzt die Nerven zu verlieren. Wobei das leichter gesagt als getan war. Er spürte förmlich, wie ihm die Zeit davonlief. Schließlich ging es hier nicht nur um ihren, sondern auch um seinen Kopf. Die Frage war daher nicht, ob, sondern wann die Polizei sich für ihn zu interessieren beginnen würde. Für ihn und seine Arbeit.

Allein die Vorstellung beschleunigte seinen Puls und trieb ihm den Schweiß auf die Stirn. Wie hatte er es nur so weit kommen lassen können?, fragte er sich. Dabei kannte er die Antwort nur allzu gut, wusste, dass dies seiner unersättlichen Geldgier geschuldet war. Daran konnte auch die Tatsache nichts ändern, dass sich der Traum vom Reichtum und der damit einhergehenden Macht und Anerkennung schnell zum Albtraum entwickelt hatte. Es hieß schließlich nicht umsonst, Geld verdirbt den Charakter.

Plötzlich musste er an seine Frau und seine beiden Kinder denken. Er wollte sich lieber nicht ausmalen, wie sie reagierten, würden sie erfahren, dass er seit Jahren eine Affäre hatte. Noch dazu mit einer fast 20 Jahre Jüngeren. Es war nicht einfach gewesen, seine Beziehung vor seiner Familie geheim zu halten und gleichzeitig den Ansprüchen eines so jungen Dings gerecht zu werden. Als seine Geliebte ungeplant schwanger wurde, wäre es um ein Haar zum Eklat gekommen. Der Preis, den er zahlen musste, um die Wogen zu glätten, hatte ein empfindlich tiefes Loch in seine Ersparnisse gerissen. In dieser angespannten Situation war ihm der Tipp, den ihm einer seiner Golfpartner zugeflüstert hatte, wie ein Geschenk des Himmels erschienen. Es gäbe da gewisse Möglichkeiten, um seine Finanzen zu konsolidieren, hatte der Mann angedeutet. Falls er interessiert sei, brauche er sich nur an eine gewisse Anlageberaterin zu wenden und sich auf seinen Golfpartner zu berufen. Das hatte er auch umgehend getan. Der Rest war ein Kinderspiel gewesen. Zumindest bis zu jenem Tag, als besagte Anlageberaterin vor seiner Tür gestanden und ihn um Hilfe gebeten hatte. Wobei gebeten wohl kaum der richtige Ausdruck war.

Die Erinnerung daran verursachte ihm eine Gänsehaut. Allein wie sie ihn angesehen hatte. Mit diesem leeren Blick. Dazu der starre Gesichtsausdruck, als wäre sie nicht sie selbst. Jedenfalls nicht die Frau, die er kannte oder zu kennen glaubte. Sie war zwar schon immer unnahbar gewesen, doch in diesem Moment war sie ihm regelrecht entseelt vorgekommen. Sogar ihre Stimme hatte anders geklungen. Nicht mehr weich und einschmeichelnd, sondern kalt und unbarmherzig. Genauso wie das, was sie von ihm verlangt hatte.

Letztendlich waren ihre Argumente so überzeugend gewesen, dass er all seine Bedenken über Bord geworfen und sich auf ihren teuflischen Plan eingelassen hatte. Er hatte keine Wahl, wenn er verhindern wollte, dass sein Name in Verbindung mit der von ihr erwähnten Liste in die Hände der Steuerfahnder gelangte. Nicht auszudenken, auf welchen enormen Betrag sich seine Steuerschuld im Laufe der Jahre summiert haben dürfte. Es brauchte nicht viel Fantasie, um sich auszumalen, was das für ihn bedeutet hätte. Am Ende hätte er alles verloren, wofür er ein Leben lang hart gearbeitet hatte. Und das betraf nicht nur seine Firma. Hier ging es um weitaus mehr.

Dagegen war ihm die Gefahr, wegen Beihilfe belangt zu werden, deutlich geringer erschienen. Zumindest hatte Alexa sich nach Kräften darum bemüht, diesen Eindruck zu erwecken. Es sei ganz einfach, hatte sie seine Bedenken zu zerstreuen versucht. Er müsse nur eine kleine Reparatur für sie durchführen. Der Gedanke an die damit verbundenen Konsequenzen hatte ihm etliche schlaflose Nächte bereitet. Daran konnten auch die von ihr getroffenen Sicherheitsvorkehrungen nichts ändern. Sie hatten ihm lediglich etwas Zeit verschafft, einen kleinen Vorsprung, für den ein unbescholtener Bürger seinen Kopf herhalten musste. Es war schließlich nur eine Frage der Zeit, bis man Bissati aufgrund der gegen ihn sprechenden Beweise den Prozess machen würde.

Skrupel, dass seinetwegen ein Unschuldiger verurteilt werden könnte, hatte er keine. Zumindest versuchte er, sich das einzureden. Und es wäre ihm fast geglückt.

Doch dann hatten Gerüchte die Runde gemacht, Gerüchte über die Liste. Um sie zu entkräften, gab es nur einen Weg.

Zu Hause angekommen, packte er in aller Eile eine Reisetasche mit dem Nötigsten zusammen. Danach klickte er sich ins Internet, um einen Platz in der nächsten Maschine nach Zürich zu buchen. Sobald das erledigt war, ließ er sich ein Taxi kommen und fuhr zum Flughafen. Sein Flug startete um 16.40 Uhr von Rostock-Laage aus mit Zwischenlandung in Stuttgart. Von dort aus ging es um 18 Uhr weiter in die Schweiz. Wenn alles nach Plan lief, war er schon morgen Nachmittag auf dem Weg nach Uruguay. Ein Land, von dem er wusste, dass es kein Auslieferungsabkommen mit Deutschland hatte.

24. KAPITEL

Die DVD hatte Leona derart aufgewühlt, dass für den Rest der Nacht nicht mehr an Schlaf zu denken gewesen war. Dementsprechend müde und zerschlagen fühlte sie sich, als sie sich am nächsten Morgen auf den Weg zur Arbeit machte. Daran hatten auch noch so viele Wechselduschen und kein Kaffee der Welt etwas ändern können. Sie wirkte fahrig und abwesend. Statt sich auf ihre Arbeit zu konzentrieren, kreisten ihre Gedanken immer wieder um die Vernehmung. Selbst dann noch, als ihr Dienst längst beendet war und sie sich auf dem Heimweg befand. Inzwischen konnte sie sich kaum mehr auf den Beinen halten und verspürte nur noch den Wunsch, endlich den in der letzten Nacht versäumten Schlaf nachzuholen.

Sie wollte sich gerade im Bad fertigmachen, als ihr Telefon klingelte. Es war Peer. »Wir wissen jetzt, wer Gutmanns Brücke mit dem Zyanid präpariert hat«, sagte er statt einer Begrüßung.

Mit einem Schlag war Leona hellwach. »Wer?«

»Ingmar Stöhr.«

»Wer soll das sein?«, fragte Leona, der der Name nicht das Geringste sagte. Jedenfalls konnte sie sich nicht daran erinnern, ihn schon einmal gehört zu haben. Wobei …

»Er ist der Leiter des Dentallabors, in dem Gutmanns Brücke sich zur Reparatur befand«, riss Peer sie aus ihren Überlegungen.

Leona verkniff sich einen Kommentar. »Wie habt ihr es herausgefunden?«, erkundigte sie sich stattdessen.

»Sein Name stand auf der Liste. Allerdings ist mir der Zusammenhang erst klar geworden, nachdem ich noch einmal sämtliche Daten durch den Computer gejagt habe.« Leona hörte an Peers Stimme, wie schwer ihm dieses Eingeständnis fiel.

»Sagtest du nicht, du hättest das Dentallabor überprüft?«, konnte Leona sich nicht zu fragen verkneifen.

»Hab ich auch. Aber wie es aussieht, nicht gründlich genug«, räumte er kleinlaut ein.

Leona beschloss, es dabei zu belassen. »Und was hat dieser, dieser …«

»Stöhr«, half Peer ihr auf die Sprünge, sichtlich erleichtert über den Themenwechsel.

»Genau der, was hat er gesagt?«

»Erst mal gar nichts.«

»Was soll das heißen?«

»Dass wir ihn nicht angetroffen haben. Weder zu Hause noch im Labor. Wir haben ihn zur Fahndung ausgeschrieben und herausgefunden, dass er einen Flug von Rostock über Stuttgart nach Zürich gebucht hatte. Er saß bereits im Flugzeug. Ein paar Minuten später und die Kollegen hätten ihn verpasst.«

Leona, die seinen Ausführungen mit angehaltenem Atem gelauscht hatte, stieß einen erleichterten Seufzer aus.

»Wir hatten echt Glück«, bekräftigte Peer. »Der Fall ist mir ganz schön an die Nieren gegangen.«

In seiner Stimme schwang ein Unterton mit, den Leona nicht deuten konnte. Noch nicht. »Mir auch«, pflichtete sie ihm bei, bevor sie sich erkundigte, wie es nach Stöhrs Festnahme weiterging.

»Zuerst hat er alles abgestritten. Doch als ich ihn mit der Liste konfrontiert habe, ist er zusammengebrochen und hat ein Geständnis abgelegt.« Peer hielt kurz inne, um sich für das, was nun kam, innerlich zu wappnen. »Er sagte aus, dass die Gutmann ihn dazu angestiftet hat.«

Leona sog scharf die Luft ein. »Willst du etwa andeuten, er hätte die Brücke in ihrem Auftrag mit Zyanid präpariert?«

»Genau das«, bestätigte Peer.

Für einen Augenblick war es ganz still. »Dabei habe ich gerade angefangen, meine Meinung über sie zu revidieren.« In Leonas Stimme schwang eine tiefe Traurigkeit mit.

»Und das ist erst die Spitze des Eisbergs.«

»Was willst du damit sagen?«

»Dass die in Bissatis Sondermülltonne deponierten Beweise gleichfalls auf Stöhrs Konto gehen.«

Auf Leonas Stirn bildete sich eine steile Falte. »Ich denke, die Tonne war abgeschlossen?«

»Stimmt. Deshalb hat er sich einen Nachschlüssel besorgt. Das dürfte nicht besonders schwer gewesen sein. Stöhr kannte die Räumlichkeiten und wusste, wo sich das Original befand.« Peer musste nicht aussprechen, dass Stöhr damit den Verdacht auf Bissati lenken wollte. Was ihm ja auch gelungen war.

Für einen Moment hing jeder von ihnen seinen

Gedanken nach, bis Leona sagte: »Ich frage mich gerade, wie er an das Zyanid gekommen ist.«

»Das hat ihm die Gutmann besorgt. Stammte angeblich aus den Hinterlassenschaften ihres Großvaters. Meine Recherchen haben ergeben, dass er Goldschmied war«, eröffnete Peer ihr und schilderte einen mehrere Jahre zurückliegenden Fall, bei dem ein Goldschmied während eines Telefonats einen kräftigen Schluck aus einer Sprudelflasche genommen hatte und daraufhin unter Qualen gestorben war. »Wie sich herausstellte, befand sich in der Flasche – vermutlich von ihm selbst abgefüllt – eine konzentrierte Zyanidlösung, die er zum Härten von Gold benötigte. Was ich damit sagen will«, kam er zum Punkt, »ist, dass Goldschmiede problemlos an das Zeug herankommen, also auch Alexas Großvater.«

Leonas Gedanken überschlugen sich. »Apropos Großvater«, warf sie ein, »weißt du inzwischen, woran er gestorben ist?« Sie schluckte. »Doch nicht etwa auch an …?«

»Jedenfalls nicht offiziell«, kam Peer, der ihre Gedanken zu erraten schien, ihr zuvor. »Es heißt, er sei bei einem Autounfall ums Leben gekommen.«

»Bei einem Autounfall?« Leonas Argwohn war unüberhörbar.

»Er ist aufgrund von überhöhter Geschwindigkeit ins Schleudern geraten und mit seinem Wagen gegen einen Brückenpfeiler gekracht. Bei der Unfallaufnahme stellte sich heraus, dass er unter Alkoholeinfluss stand.«

»Hört sich nach einem klassischen Fall von Selbstmord an.«

»Der Meinung scheinen auch die Kollegen gewesen zu sein, die den Fall damals bearbeitet haben.« Peers Wortwahl veranlasste Leona, sich nach dem Obduktionsbericht zu erkundigen.

»Es gibt keinen. Anscheinend war die Beweislage so eindeutig, dass man darauf verzichtet hat.«

»Dann weiß man also nicht, woran er letztendlich gestorben ist, ob an den Folgen des Unfalls, oder …«

»Du sagst es«, wurde ihr von Peer bestätigt. »Und wie es aussieht, werden wir das auch nie mehr erfahren. Nicht nach all der Zeit.«

»Du hast Alexa vergessen«, widersprach Leona. »Wenn meine Vermutung stimmt, dann …«

»Alexa ist tot. Sie hat heute Morgen in ihrer Zelle Selbstmord begangen.«

Leona fühlte sich wie nach einem Sprung in eiskaltes Wasser. »Selbstmord?«

»Mit Zyanid.«

»Was?«, würgte sie erschüttert hervor. »Aber woher? Ich meine, wie …?«

»Anscheinend hat sie das Zeug in ihrem Ring aufbewahrt.«

»In ihrem Ring?« Es dauerte einen Moment, bis Leona begriff. »Hat sie den denn nicht abgeben müssen?«

»Normalerweise schon …« Es war Peer anzuhören, wie ungern er über diese Panne sprach. »Aber der Kollege, der für ihre Aufnahme zuständig war, hat ihn offensichtlich übersehen«, die Verärgerung war ihm deutlich anzumerken. »Er ist suspendiert, bis klar ist, wie es mit ihm weitergehen wird.«

Statt etwas zu erwidern, lehnte Leona den Kopf gegen die Wand und schloss die Augen. Sie brauchte einen Moment, um sich von ihrer Überraschung zu erholen und wieder klar denken zu können. Letztendlich war es jetzt egal, wie Alexa an das Gift gekommen war. Fakt ist, sie war tot. »Bliebe noch zu klären, wie die beiden das mit der Brücke hinbekommen haben.«

»Diese Frage habe ich Stöhr natürlich auch gestellt und so in Erfahrung gebracht, dass Gutmann wenige Wochen vor seinem Tod bei Bissati gewesen war. Er hatte Beschwerden wegen eines abgebrochenen Backenzahnes, der ihm im Laufe der Behandlung gezogen wurde. An dieser Stelle kam die Brücke ins Spiel und damit Stöhr, dessen Labor mit der Reparatur beauftragt worden war. Als die Gutmann davon Wind bekam«, fasste er zusammen, »ist ihr anscheinend die Idee mit dem Zyanid gekommen.«

»Dann war es also reiner Zufall, dass der Mord zu diesem Zeitpunkt und auf diese Weise geschah?«, erkundigte Leona sich mit brüchiger Stimme.

»Gutmann hätte wahrlich keinen schlechteren Zeitpunkt für seine Zahnbehandlung wählen können«, bestätigte Peer. »Wer weiß, ob seine Frau ihn umgebracht hätte, hätte sich ihr nicht diese Gelegenheit geboten. Das Ganze erinnert mich an die Geschichte von dem Schmetterling, der mit seinem Flügelschlag eine Kettenreaktion auslöste.«

Leona nickte versonnen. »Nur dass es in Gutmanns Fall kein Flügelschlag, sondern ein abgebrochener Backenzahn war, der das Ganze ins Rollen brachte.«

»Wobei man nicht vergessen darf, dass so ein Plan

erst mal gefasst und in die Tat umgesetzt werden muss«, ergänzte Peer.

»Das ist wohl wahr«, musste Leona, deren Gedanken noch immer um das Motiv kreisten, ihm recht geben. »Und das alles nur, um sich nicht vor dem Fiskus verantworten zu müssen? Ich meine, wir sprechen hier schließlich von Mord.«

»Wer viel hat, hat auch viel zu verlieren. Das gilt auch für Stöhr«, gab Peer zu bedenken.

»Mir kommen gleich die Tränen.«

»Dann ist es ja gut, dass ich auch noch eine positive Nachricht für dich habe: Bissati ist wieder auf freiem Fuß.«

25. KAPITEL

Zwei Tage später bekam Leona unverhofft Besuch. Als sie die Tür öffnete, wäre sie fast mit dem größten Blumenstrauß zusammengeprallt, den sie je zu Gesicht bekommen hatte. »Das wäre doch nicht nötig gewesen«, sagte sie in der Annahme, dass es sich bei dem Überbringer um Peer handelte, der sich auf diesem Weg noch einmal für ihre Mithilfe bedanken wollte. Doch zu ihrer grenzenlosen Überraschung tauchte Bissatis Kopf hinter all der bunten Blumenpracht auf.

»Und ob das nötig war«, widersprach er lächelnd. »Ohne Sie säße ich nach wie vor hinter Schloss und Riegel.«

»Wieso …? Ich meine, wie …?«, stotterte Leona, deren Beine sich plötzlich anfühlten, als bestünden sie aus Gummi.

»Wie ich darauf komme?«, half Bissati ihr aus ihrer Verlegenheit. »Durch Kommissar Boström. Er hat mir alles erzählt.«

»Was?«, fragte Leona, noch immer keines klaren Gedankens fähig.

»Dass Sie es waren, die ihm die Liste zugespielt hat. Und dass Sie von Anfang an von meiner Unschuld überzeugt waren.« Bissati schluckte. »Ich muss sagen, das hat mich stark beeindruckt.«

Leona starrte ihn aus großen Augen an. »Dass ich an Ihre Unschuld geglaubt habe?«

»Und dass Sie sich so für mich eingesetzt haben«, ergänzte Bissati. »Schließlich kennen Sie mich kaum.« Obwohl er sich darum bemühte, seiner Stimme einen gleichmütigen Klang zu verleihen, war es offensichtlich, wie sehr ihm das Thema an die Nieren ging. Er überreichte ihr den Blumenstrauß. »Hier, als kleines Dankeschön.«

Als ihre Hände sich dabei zufällig berührten, zuckte Leona wie unter einem Stromstoß zusammen. »Wollen Sie nicht hereinkommen?«, fragte sie, bevor sie der Mut wieder verlassen konnte.

Bissati schien mit sich zu ringen. »Eigentlich wollte ich ja …«

»Wollten Sie was?«, drängte Leona, der sein Zögern nicht entgangen war.

»Eigentlich wollte ich Sie fragen, ob ich Sie zum Essen einladen darf. Ich meine, natürlich nur«, fügte er rasch hinzu, »wenn Sie nichts Besseres vorhaben.«

Leona errötete. »Ich denke, das sollte sich einrichten lassen. Ich stelle nur schnell die Blumen ins Wasser.«

Kurz darauf saßen sie sich im Wintergarten des »Utkiek« gegenüber. Das Hotel lag im Fischerdorf Wieck, und von ihrem Platz aus genossen sie einen unverstellten Blick auf die Skulpturengruppe der »Drei Weisen« sowie den Greifswalder Bodden.

Bissati war ein brillanter Unterhalter und zeigte sich Leona von einer Seite, die sie bisher nicht gekannt hatte. Nach dem Essen begann er, aus seinem Leben zu plaudern. Auch Leona zeigte sich offen, und so streiften sie im Laufe des Abends viele Themen. Bloß ihr Liebesleben erwähnten sie mit keiner Silbe. Es war fast Mitternacht, als Leona auf die Uhr schaute. »Oje, schon so spät!«, entfuhr es ihr erstaunt. »Wir sollten uns besser auf den Heimweg machen. Ich muss morgen früh raus.«

Ihre Worte veranlassten Bissati, nach dem Kellner Ausschau zu halten. Nachdem er die Rechnung beglichen hatte, fuhren sie zurück. Bissati setzte sie vor ihrer Haustür ab, wo sie sich mit den Worten »Vielen Dank für die Einladung, es war sehr nett mit Ihnen« von ihm verabschiedete.

»Mit Ihnen auch«, pflichtete Bissati ihr bei. »Es war ein schöner Abend.« Ein Abend, dem bald weitere folgen sollten.

26. KAPITEL

Inzwischen hatte der Herbst Einzug gehalten. Der Himmel über dem Meer zeigte sich grau, und die Bäume hatten einen Großteil ihrer Blätter abgeworfen. Während raue Stürme über die Insel hinwegfegten, kamen Leona und Bissati sich von Tag zu Tag ein Stück näher. Es war wie ein vorsichtiges Annähern, das Leona jedes Mal in der beglückenden Gewissheit zurückließ, Bissati nicht gleichgültig zu sein.

Erst gestern Abend hatte er sie ins Theater und danach zum Essen eingeladen. Auf dem Spielplan stand Ferdinand von Schirachs »Terror«.

Die Aufführung hatte Leona derart aufgewühlt, dass sie sie bis in ihre Träume verfolgt hatte. Auch wenn die Bedrohung, der sie sich darin ausgesetzt sah, nicht auf einem terroristischen Anschlag beruhte, sondern auf einer sehr realen Gefahr: Olrik Bruhns. Kein Wunder, dass Leona danach keinen Schlaf mehr fand.

Während sie darauf wartete, dass die Schatten der Nacht allmählich dem diffusen Grau eines neuen Tages zu weichen begannen, verfluchte sie ihren Leichtsinn. Es war ein Fehler, die Nacht in Lobbe zu verbringen. Auch wenn sie das nie zugegeben hätte. Erst recht nicht Peer gegenüber. Dabei wollte er sie nur beschützen. Immerhin war Bruhns schon einmal in ihr Haus eingedrungen. Wer sollte ihn daran hindern, es ein weiteres Mal zu versuchen?

Plötzlich musste Leona an Cemal, wie sie Bissati seit Kurzem nannte, denken. Daran, dass sie ihm einen Platz auf ihrer Couch hätte anbieten können. Dann wäre sie nicht so allein und verletzlich gewesen. Außerdem, schoss es ihr durch den Kopf, konnte man nie wissen, wofür ein solches Angebot noch gut gewesen wäre. Doch statt es herauszufinden, hatte sie es vorgezogen, die starke Frau zu spielen. Die, der nichts und niemand etwas anhaben konnte, die allem widerstand. Sowohl Ängsten als auch Sehnsüchten. Dabei hatte Cemal vielleicht nur darauf gewartet, dass sie den ersten Schritt tat. Mit einem resignierten Seufzer kickte Leona die Bettdecke zurück und erhob sich. Mit etwas Glück würde sie bald die Chance bekommen, es herauszufinden.

27. KAPITEL

War da nicht das Klappen einer Autotür zu hören gewesen? Er sprang aus dem Bett und eilte zum Fenster. Vorsichtig schob er die Jalousie einen Spalt breit auseinander. Gerade so weit, um ungehindert nach draußen spähen zu können. Doch außer undurchdringlicher Schwärze war nichts zu erkennen. Kein Lichtschein, der durch die Bäume hindurch zu ihm herüberdrang. Und auch sonst nichts, das auf ihre Anwesenheit hindeutete. Wie es aussah, hatten ihm seine Sinne wieder einmal einen Streich gespielt.

Ein Wunder wäre es nicht. Immerhin musste er jederzeit damit rechnen, entdeckt zu werden. Vielleicht war morgen schon alles vorbei. Oder übermorgen oder in drei Wochen. Seine Zeit hier war schließlich nicht unbegrenzt. Er seufzte. Die Ungewissheit zerrte an seinen Nerven.

Nach einer Weile legte er sich wieder hin, die Decke zum Schutz gegen die Kälte bis unters Kinn gezogen.

Irgendwann musste er noch einmal eingeschlafen sein. Denn als er das nächste Mal erwachte, begann es draußen bereits zu dämmern. Seine Blase drückte und er verspürte Durst. Nachdem er auf der Toilette gewesen war und ein paar Schlucke Leitungswasser getrunken hatte, stellte er sich unter die Dusche. Inzwischen hatte er sich an den eiskalten Strahl gewöhnt. Es war ihm auch nichts anderes übrig geblieben. Sich warm abzubrausen, stellte allein schon wegen des dabei entstehenden Wasserdampfs ein zu hohes Risiko dar. Was, wenn einem Nachbarn die beschlagenen Fensterscheiben auffallen würden und er sich darüber wunderte. Schließlich durfte niemand etwas von seiner Anwesenheit mitbekommen. Um sich aufzuwärmen, machte er ein paar Liegestütze. Dann ging er hinunter in den Keller und holte sich etwas zu essen. Der Gedanke an die mit Konserven und Einmachgläsern gefüllten Regale hatte etwas Beruhigendes. Auch wenn es mitunter ganz schön eintönig war, sich nur von Eingemachtem zu ernähren. Doch solange er davon satt wurde, war ihm das egal. In seiner Situation durfte man nicht wählerisch sein. Während er ein Glas Pflaumenkompott aus dem Regal nahm, überschlug er, wie lange er mit seinen Vorräten noch hinkommen würde. Ewig sicher nicht mehr. Aber darüber, wie es dann weiterging, würde er nachdenken, wenn es so weit wäre. Irgendeine Lösung würde ihm schon einfallen. Er musste nur Augen und Ohren offen halten. Der Rest ergab sich von allein. Erst recht in einem Dorf wie diesem, wo jeder jeden kannte. Insgeheim beglückwünschte er sich für seine Voraussicht, die ihn hierhergeführt hatte. In ein Haus, das fast die Hälfte des Jahres leer stand, weil seine Besitzerin sich auf Reisen befand. Die Nachbarn wunderten sich deshalb nicht über die heruntergelassenen Jalousien. Solange er keine Spuren hinterließ, würde sich niemand für das Haus interessieren. Und das tat er nicht, er war schließlich clever.

Jedenfalls hatte er das bis zu jenem Tag gedacht, als sie

sein Geheimnis gelüftet hatte. Seither war er ein Gejagter. Es war nur eine Frage der Zeit, bis er sein Versteck aufgeben und sich einen neuen Unterschlupf suchen musste. Seine Gedanken eilten zur Garage und zum Auto, das dort stand. Etwas altersschwach, aber immerhin vollgetankt. Bereit, ihm jederzeit als Fluchtfahrzeug zur Verfügung zu stehen.

Ein Geräusch brachte ihn in die Gegenwart zurück. Er hob den Kopf und lauschte. Hatte da nicht gerade ein Motor getuckert? Gedämpftes Stimmengewirr drang an sein Ohr, gefolgt vom Zuschlagen einer Autotür. Kies, der unter der Last von Schritten knirschte. Schritte, die sich der Haustür näherten. Überlagert vom wilden Pochen seines Herzens.

Ohne weiter darüber nachzudenken, stürmte er die Kellertreppe hinauf. Gerade noch rechtzeitig, um sich die im Flur bereitliegende Sturmhaube über den Kopf zu ziehen und hinter der Haustür Stellung zu beziehen. Obwohl er das, was nun kommen würde, schon tausendmal in Gedanken durchgespielt hatte, fühlte er sich alles andere als entspannt. Ihm durfte jetzt nicht der geringste Fehler unterlaufen. Sonst wäre alles umsonst gewesen.

28. KAPITEL

Leona stellte gerade die Kaffeemaschine an, als es an der Haustür klingelte. Davor stand Marlies. Sie hatte gerötete Wangen. Ihr Atem, der in der kühlen Luft zu weißen Wölkchen kondensierte, ging heftig und stoßweise. Als wäre sie gerade einen Marathon gelaufen. Dabei lagen ihre Grundstücke nur wenige hundert Meter voneinander entfernt. Leona musterte sie besorgt. Marlies sah mitgenommen aus. Vielleicht war sie auch nur aufgrund ihres beträchtlichen Leibesumfangs so geschafft. Schließlich hatte sie in den sieben Monaten, die ihre Schwangerschaft mittlerweile schon dauerte, fast 15 Kilo zugelegt. »Alles okay mit dir und dem Baby?«

»Keine Sorge. Es geht uns gut. Ich bin nur etwas außer Atem«, beeilte Marlies sich ihr zu versichern, bevor sie auf den Grund für ihren unangemeldeten Besuch zu sprechen kam. »Kannst du mir dein Auto leihen? Meins hat gerade seinen Geist aufgegeben.« Sie seufzte. »Und das ausgerechnet heute, wo ich nach Stralsund zum Frauenarzt muss.« Noch während sie das sagte, warf sie einen Blick auf ihre Armbanduhr. »Ich muss um halb zwölf dort sein, und mir fällt sonst niemand ein, den ich darum bitten könnte.«

»Wenn's weiter nichts ist«, sagte Leona, der die Erleichterung anzusehen war, und verschwand im Haus.

Als sie kurz darauf mit dem Autoschlüssel zurückkam, vernahm sie über sich das Krächzen einer Krähe. Als sie den Kopf hob, um nach dem Vogel Ausschau zu halten, musste sie plötzlich daran denken, dass Krähen in manchen Gegenden der Welt als Unglücksvögel galten. Es dauerte einen Moment, bis sie den in einer Baumkrone sitzenden Vogel entdeckt hatte. Sein schwarz glänzender Leib zeichnete sich vor dem Hintergrund des grauen Himmels ab. Unbewusst zog Leona die Strickjacke vor der Brust zusammen. Es war ein nasskalter Vormittag, Anfang Oktober. Der Sturm, der in der Nacht über die Insel hinweggefegt war, hatte empfindlich kühle Luft mit sich gebracht. Doch nicht die Kälte war es, die Leona in diesem Moment frösteln ließ. Es war eine böse Vorahnung, die sich ihrer beim Verlassen des Hauses bemächtigt hatte.

29. KAPITEL

Thea Greulich hob die Hand, um dem davonfahrenden Taxi hinterherzuwinken. Dann zog sie das Gartentor hinter sich ins Schloss und setzte sich mit ihrem Gepäck in Bewegung. Endlich wieder zu Hause! Der Gedanke entlockte ihr ein Lächeln. Auch wenn ihr Garten sich in einem Zustand befand, der alles andere als einladend wirkte. Dasselbe galt für das Haus, über dessen einstmals weiß getünchten Mauern ein schmutzig grauer Schleier lag. Selbst vor dem Reetdach hatte der Zahn der Zeit nicht haltgemacht. Es war von Flechten und Moosen überzogen und bedurfte dringend einer Erneuerung. Genau wie die Fenster, an deren Wetterschenkeln sich die Farbe zu lösen begann. Trotz alledem hatte Thea das Gefühl, einem guten alten Bekannten zu begegnen, der sie in der Heimat willkommen hieß. Einen wehmütigen Moment lang musste sie an Josef, ihren Mann, denken, mit dem sie in diesem Haus fast 40 Jahre zusammengewohnt hatte. Und an Manja, ihre Tochter, die hier zur Welt gekommen und aufgewachsen war. Inzwischen war Josef gestorben und Manja lebte im Ausland. In Italien, wo sie und ihr Mann einen kleinen Bergbauernhof in den Apenninen bewirtschafteten. Hilfe war da stets willkommen. Und da Thea ein hilfsbereiter Mensch war, verbrachte sie inzwischen die

Hälfte des Jahres damit, Schafe und Ziegen zu hüten und ihrem Schwiegersohn bei der Käseherstellung zur Hand zu gehen. Kein Wunder, dass ihre Tochter es gern gesehen hätte, wenn sie für immer zu ihr gezogen wäre. Doch in diesem Punkt blieb Thea eisern. Einen alten Baum verpflanzt man nicht, pflegte sie zu sagen, wenn die Sprache wieder einmal auf dieses Thema kam.

Thea konnte sich einfach nicht vorstellen, ihren Lebensabend fernab der Heimat zu verbringen. Dafür liebte sie Rügen viel zu sehr. Schon wegen der salzigen Luft, die ihren Bronchien so guttat. Thea konnte es kaum erwarten, an den Strand zu kommen, um sich den Seewind um die Nase wehen zu lassen. Sie sehnte sich nach dem vertrauten Rauschen des Meeres. Wollte sich im Anblick des Horizonts verlieren: dort, wo Himmel und Meer ineinander übergingen, um miteinander zu verschmelzen. Erst recht an bleigrauen Tagen wie heute. Am liebsten hätte sie alles stehen und liegen lassen und sich sofort auf den Weg gemacht. Es war viel zu lange her, dass sie Salzwasser auf ihrer Haut und Sand unter ihren Fußsohlen gespürt hatte. Was konnte es Schöneres geben, als barfuß durch die schäumende Gischt zu laufen? Auch wenn das, wie sie sich eingestehen musste, bei den derzeitigen Temperaturen keine so gute Idee war. Es sei denn, sie wollte sich eine handfeste Erkältung einfangen. Mit einem unterdrückten Seufzer setzte Thea sich in Bewegung. Allmählich machten sich die Strapazen der langen Reise bemerkbar. Man wird halt nicht jünger, dachte sie bekümmert, während sie in ihrer Handtasche nach dem Schlüsselbund suchte.

Als sie kurz darauf ihr Gepäck über die Türschwelle wuchtete, hörte sie hinter sich ein Geräusch. Doch da war es bereits zu spät. Es gelang ihr nicht mehr, sich umzudrehen. Ein Faustschlag traf ihre Schläfe und brachte sie zu Fall. Das Ganze ging so schnell, dass sie nicht um Hilfe schreien konnte. Wobei ihr das auch nicht viel genutzt hätte. Thea war wie betäubt vor Schmerz und Angst. Das Letzte, was sie bewusst wahrnahm, war ein mit Sturmhaube und Jogginganzug bekleideter Mann, der sich über sie beugte, um sie zu knebeln. Thea schmeckte Blut. Sie wollte etwas sagen, doch über ihre Lippen kam bloß ein kehliges Krächzen. Dann schwanden ihr die Sinne.

30. KAPITEL

Er konnte sie töten oder am Leben lassen. Die Entscheidung lag allein bei ihm. Er musste nur seine Hände um ihren Hals legen und zudrücken. Es war ganz einfach. Zu einfach. Er tötete schließlich nicht um des Tötens willen, sondern wegen der damit verbundenen Befriedigung. Er wollte, dass seine Opfer sich zur Wehr setzten, dass sie ihn um Gnade anwinselten, damit er sich an ihrer Angst weiden konnte. Das setzte allerdings voraus, dass sie bei Bewusstsein waren.

Er holte aus, um ihr einen Tritt gegen die Rippen zu verpassen. Sie war immer noch ohnmächtig. Und wie es aussah, würde sich daran so schnell auch nichts ändern. Sein Griff lockerte sich. Es lohnte sich nicht, seine Energie für sie zu verschwenden. Sie war eine alte Frau, die ihm nichts getan hatte. Genau genommen, musste er ihr sogar dankbar sein. Immerhin hatte er durch sie wertvolle Zeit gewonnen. Um sie nicht ungenutzt verstreichen zu lassen, griff er nach der bereitgelegten Schnur, um sein Opfer an Händen und Füßen zu fesseln. Als er damit fertig war, widmete er sich Theas Handtasche. In ihrem Portemonnaie befanden sich 200 Euro. Weit würde er damit nicht kommen. Es war schließlich nur eine Frage der Zeit, bis die Polizei den Überfall auf Thea Greulich mit ihm in Verbindung brachte. Seine

DNA-Spuren und Fingerabdrücke waren im ganzen Haus verteilt. Sie zu beseitigen, würde ihn viel zu viel Zeit kosten. Zeit, die er nicht hatte. Nicht mehr. Von jetzt an zählte jede Minute.

Er eilte nach oben, um seine Sachen zusammenzupacken. Sobald er damit fertig war, machte er sich auf den Weg zur Garage, wo Thea Greulichs vollgetankter Opel stand. Es war das letzte Ass, das er noch im Ärmel hatte. Hoffentlich ließ der Wagen ihn nicht im Stich.

Doch seine Bedenken stellten sich als unbegründet heraus. Der Motor sprang problemlos an.

Genau in dem Moment, als er den ersten Gang einlegte und Gas gab, fuhr auch Marlies los.

Nur dass Bruhns das nicht wissen konnte. Für ihn zählte einzig und allein, was er sah. Und das war Leonas Wagen. Er befand sich direkt vor ihm auf dem Feldweg. Bruhns dachte keine Sekunde an die Möglichkeit, dass jemand anders als Leona hinter dem Steuer sitzen könnte. Nun war seine Chance also doch noch gekommen.

31. KAPITEL

Als sie wieder zu sich kam, spürte sie ein heftiges Stechen und Pochen in ihrem Kopf. Ihr Körper fühlte sich wie eine einzige große Wunde an. Für einen Moment wusste Thea nicht, wo sie sich befand. Der Boden unter ihr verströmte eine unangenehme Kälte. Sie versuchte, die Augen zu öffnen, sie konnte aber nichts erkennen außer einem schwachen Lichtschein, der durch ein grobmaschiges Geflecht drang. Ihr ganzes Gesicht war davon bedeckt. Es dauerte einen Moment, bis sie begriff, dass der Einbrecher ihr etwas über den Kopf gezogen hatte. Der Geruch von schimmelig stinkendem Sackleinen stieg ihr in die Nase und ließ sie unter ihrem Knebel würgen. Sie bekam kaum noch Luft. Rasend vor Angst versuchte sie sich aufzusetzen. Dabei fuhr ein jäher Schmerz durch ihren Körper. Ihre Hände und Füße waren zusammengebunden. Fesseln, durchzuckte es sie. Der Gedanke verstärkte das Druckgefühl in ihrer Brust. Darum bemüht, die in ihren Eingeweiden wütende Angst niederzukämpfen, rang Thea mit bebenden Nasenflügeln nach Luft. Sicher nur ein böser Albtraum, aus dem sie gleich aufwachen würde, versuchte sie sich Mut zu machen. Aber sie träumte nicht. Das Ganze war so real wie die klamme Kälte, die feucht durch ihre Kleidung drang. Thea fröstelte. Sie hatte jegliches Zeitgefühl verloren, wusste nicht, wie lange sie hier schon lag.

Hinzu kam die nagende Frage nach dem Warum. Es musste schließlich einen Grund dafür geben, dass sie niedergeschlagen und in dieser hilflosen Situation zurückgelassen worden war. Je länger Thea darüber nachdachte, desto überzeugter war sie, ein Zufallsopfer geworden zu sein, weil sie einen Einbrecher gestört hatte. Dabei gab es bei ihr doch gar nichts zu holen.

Statt weiter darüber nachzugrübeln, begann sie, an ihren Fesseln zu zerren. Doch schon die kleinste Bewegung ließ jeden Muskel, jeden Knochen aufschreien. Tränen schossen ihr in die Augen und vernebelten ihren Blick. Ihre Rippen schmerzten höllisch.

Denk nach, ermahnte sie sich. Doch ihr Kopf war wie leer gefegt. Sie wusste nur, dass sie nicht sterben wollte. Nicht unter solch unwürdigen Bedingungen. Lieber Gott, bitte hilf mir, mich aus dieser misslichen Lage zu befreien, betete sie stumm, während sie gleichzeitig ihre ganze Energie darauf verwendete, ihre angewinkelten Beine auszustrecken.

Als wäre ihr Gebet erhört worden, trafen ihre Füße auf ein Hindernis. Das Geräusch, das ihre Schuhsohlen dabei verursachten, ließ Hoffnung in ihr aufkeimen, dass das, worauf sie gestoßen war, keine Wand, sondern eine Tür war. Mit etwas Glück die Haustür. Und damit der Weg in die Freiheit. Der Gedanke beflügelte Thea. Ihre letzten Reserven mobilisierend, rammte sie ihre Füße gegen das Türblatt. Die Wucht des Aufpralls erzeugte einen dumpfen Knall, von dem Thea hoffte, dass ihn jemand hören und ihr zu Hilfe eilen möge. Um auf Nummer sicher zu gehen, wiederholte sie das Ganze so oft, bis ihre vor Anstrengung zitternden Beine den Dienst versagten.

32. KAPITEL

Als Leona das Auto an ihrem Grundstück vorbeifahren hörte, glaubte sie zunächst, Marlies sei noch einmal umgekehrt. Doch dann sah sie, dass es der Wagen ihrer Nachbarin war. Augenblicklich erschien eine steile Falte auf Leonas Stirn. Seit sie hier wohnte, hatte Thea es kein einziges Mal versäumt, sich bei den Nachbarn zurückzumelden, wenn sie wieder im Lande war. Nicht, dass jemand auf die Idee kam, die Polizei zu rufen, weil er sie für einen Einbrecher hielt. Immerhin stand ihr Haus fast die Hälfte des Jahres leer.

Gestern Abend, als Cemal Leona nach Hause gebracht hatte, waren drüben noch alle Jalousien heruntergelassen gewesen und das Anwesen hatte einen verlassenen Eindruck gemacht. Ohne zu ahnen, welche Bedeutung ihrer Beobachtung im Verlauf der nächsten Stunden zukommen würde, ging Leona ins Haus zurück.

Wenig später saß sie mit einer Tasse Kaffee am Küchentisch und überflog die Ostseezeitung. Doch irgendwie gelang es ihr nicht, sich zu konzentrieren. Sie musste immer wieder an das merkwürdige Kältegefühl denken, das sie beim Anblick der Krähe verspürt hatte. Es war wie ein böses Omen. Als sie das letzte Mal ein vergleichbares Gefühl verspürt hatte, war es für sie in einer Katastrophe gemündet. Damals. Leona versuchte, den Gedanken beiseitezuschieben. Doch er ließ sich nicht verdrängen. Mit einem Mal sah sie sich wieder mit vor Schmerz verzerrtem Gesicht auf der Straße liegen. Obwohl das schon einige Zeit zurücklag, sie war damals erst 17 Jahre alt gewesen, würde sie nie das viele Blut vergessen. Es floss aus einer Wunde am Kopf und lief ihr über das Gesicht, während sie neben ihrem Moped auf dem regennassen Asphalt lag und sich vor Bauchschmerzen krümmte. Ein entgegenkommender Laster hatte sie gezwungen auszuweichen, sie war von der Fahrbahn abgekommen und gegen einen Baum gerast. Bei dem Unfall hatte sich der Lenker in ihren Unterleib gebohrt, was zu starken inneren Blutungen geführt hatte. Um ihr Leben zu retten, hatte man die Gebärmutter entfernen müssen. Sie würde niemals Kinder bekommen können.

Das Klingeln des Telefons riss Leona aus ihren düsteren Gedanken. Es war Cemal. »Du klingst angespannt«, sagte er, als könnte er ihre Gedanken erahnen. »Geht es dir nicht gut?«

Seine Anteilnahme tat Leona gut. »Doch, schon, ich mache mir nur Sorgen um Marlies.«

»Warum das denn?«

»Sie hat sich mein Auto ausgeliehen. Seit sie damit unterwegs ist, hab ich so ein komisches Gefühl.«

»Keine Angst, es wird schon nichts passieren«, versuchte Cemal sie zu beruhigen. Leona hätte ihm nur zu gerne geglaubt. Doch die Unruhe blieb.

Um sich abzulenken, beschloss sie, eine Runde durch den Ort zu drehen. Sie griff sich ihre Regenjacke und ging nach draußen. Als sie das Feld überquerte, das an ihr Grundstück grenzte, vernahm sie ein Geräusch. Ganz leise nur, kaum wahrnehmbar. Leona hob den Kopf und lauschte. Außer dem mit Möwengeschrei vermischten Rauschen des Windes war jedoch nichts zu hören. Sie wollte das Ganze gerade als Einbildung abtun, als ihr Blick auf das Nachbargrundstück fiel. Sowohl das Gartentor als auch die dahinter liegende Garage standen offen. Als sei jemand in großer Eile aufgebrochen. Dabei war ihre Nachbarin stets peinlich darauf bedacht, Türen und Fenster zu schließen, bevor sie mit dem Auto wegfuhr. Während Leona diesen ganz offensichtlichen Widerspruch mit ihrer morgendlichen Beobachtung in Einklang zu bringen versuchte, vernahm sie das Geräusch erneut. Es klang wie ein dumpfes Pochen.

Von einer bösen Vorahnung befallen lief Leona los. Je näher sie dem Haus kam, desto lauter wurde das Pochen. »Ist da jemand?« Sie hatte kaum ausgesprochen, als das Pochen sich zu einem Hämmern verstärkte.

Was danach geschah, ging so schnell, dass Leona sich im Nachhinein nur undeutlich daran erinnern konnte. Sie wusste nur noch, dass sie ins Haus gestürmt und dort auf ihre Nachbarin getroffen war. Wobei getroffen wohl kaum der richtige Ausdruck war. Thea Greulich hatte an Händen und Füßen gefesselt am Boden gelegen und war dem Tod näher gewesen als dem Leben.

Erst als das Martinshorn die Ankunft des von ihr alarmierten Krankenwagens ankündigte, fand Leona zu einem klaren Verstand zurück.

33. KAPITEL

Mittlerweile nieselte es leicht. Ein Blick auf die Uhr am Armaturenbrett verriet Marlies, dass noch Zeit genug war, um pünktlich zu ihrem Termin zu erscheinen. Als sie ein paar Minuten später das Radio einschaltete, hörte sie den Moderator der Ostseewelle sagen, dass die Lage auf den Straßen entspannt sei und es keine Verkehrsbehinderungen gäbe. Er hatte den Satz noch nicht ganz ausgesprochen, als Marlies die Bremslichter des Wagens vor ihr aufleuchten sah. Mittlerweile befand sie sich auf der langen Geraden kurz vor Baabe. Soweit das Auge reichte, reihte sich Stoßstange an Stoßstange. Ein Anblick, für den die Einheimischen nur ein müdes Lächeln übrig hatten. Während Marlies in den zweiten Gang herunterschaltete, drang aus der Ferne der schrille Pfeifton des Rasenden Rolands an ihr Ohr. Durch die von Regenschlieren überzogene Scheibe sah sie die in Rauchschwaden gehüllte Lok aus Richtung Göhren herannahen. Wenig später hatte der Zug die geschlossenen Bahnschranken passiert und sie konnte ihre Fahrt fortsetzen.

Der Halt hatte ihr die Gelegenheit gegeben, sich in Gedanken auf die bevorstehende Untersuchung einzustellen. Bis jetzt war die Schwangerschaft ohne nennenswerte Komplikationen verlaufen. Bis zum Geburtstermin dauerte es zwar noch einige Zeit, aber Marlies konnte es kaum erwarten, bis es endlich so weit war. Sie hatten auch schon einen Namen ausgesucht. Der Kleine sollte Ole heißen. So wie Ole Einar Björndalen, der norwegische Biathlet.

Während Marlies sich vorzustellen versuchte, wie es sich anfühlen mochte, ihren Sohn in den Armen zu halten, erschien vor ihrem geistigen Auge jener himmelblaue Strampelanzug, den sie bei ihrem letzten Besuch in Stralsund in der Auslage eines Babyausstatters entdeckt und in den sie sich verliebt hatte. Er war blau-weiß gestreift und mit einem aufgestickten Teddy verziert gewesen.

Marlies war so in Gedanken vertieft, dass sie den Wagen, der ihr wie ein Schatten folgte, erst kurz vor Stralsund bemerkte. Ein Blick in den Rückspiegel verriet ihr, dass es sich um einen dunkelblauen Opel Astra älteren Baujahres handelte. Er war ihr erst aufgefallen, als sie wegen eines nach links abbiegenden Wagens halten musste. Der Fahrer hinter ihr musste eine Vollbremsung hinlegen, um einen Zusammenstoß zu verhindern.

Als sie weiterfuhren, ließ er sich ein paar Meter zurückfallen. Doch schon als sie das nächste Mal in den Rückspiegel blickte, war er wieder hinter ihr. Und diesmal konnte sie sein Gesicht erkennen.

34. KAPITEL

Inzwischen war auch die Polizei bei ihrer Nachbarin eingetroffen. Und mit ihr Peer. Während er Leona befragte, durchsuchten seine Kollegen das Haus nach Hinweisen.

»Denk bitte noch einmal ganz genau nach«, appellierte er an Leona, nachdem sie ihren spärlichen Bericht beendet hatte. »Jedes Detail kann wichtig sein, wie du weißt.«

»Tut mir leid. Mehr kann ich dazu nicht sagen.« Sie hielt kurz inne, als sei ihr etwas Wichtiges eingefallen. Etwas, das mit ihrer morgendlichen Beobachtung zu tun hatte. »Das Auto.«

Man konnte Peer ansehen, dass er keine Ahnung hatte, wovon sie sprach: »Welches Auto?«

»Das von Thea«, brach es aus Leona hervor. »Ich habe es vorbeifahren sehen, kurz nachdem …«

Bevor sie den Satz beenden konnte, erschien Peers Kollege. Er wirkte ungewöhnlich ernst und angespannt. »Kannst du mal kommen?«

Peer runzelte die Stirn. »Hat das nicht noch einen Moment Zeit?«

Sein Kollege schüttelte den Kopf. »Nein, hat es nicht.«

Die Art und Weise, wie er das sagte und ihn anschaute,

machte deutlich, dass es sich um etwas Außergewöhnliches handeln musste. Bevor Peer hinter seinem Kollegen im Haus verschwand, bat er Leona, auf ihn zu warten: »Geh bitte nicht weg, ich bin gleich wieder da.«

Als Peer nach wenigen Minuten zurückkam, spürte Leona, dass sich etwas Schwerwiegendes ereignet haben musste. Sie hatte ihn selten so aufgewühlt erlebt. »Was ist denn los? Was ist passiert?«

Peer senkte den Kopf, um sie nicht ansehen zu müssen. »Wir … nun …, wir glauben zu wissen, wer Thea Greulich das angetan hat.« Die Worte kamen ihm nur zögerlich über die Lippen.

»Wer?«

Statt zu antworten, hielt Peer ihr eine Plastiktüte entgegen, in der sich ein Zeitungsausschnitt befand. »Das hier haben die Kollegen in Thea Greulichs Schlafzimmer gefunden.«

Es dauerte einen Moment, bis Leona begriff, was es damit auf sich hatte. Der Artikel handelte von ihr. Von ihr und Bruhns. Davon, wie ihm die Polizei dank ihrer Hilfe auf die Spur gekommen war. Mit dem Bericht war ein Foto abgedruckt worden, das sie beim Verlassen des Krankenhauses zeigte, in das sie nach Bruhns Anschlag eingeliefert worden war. Ihr Gesicht auf dem Bild war von Messerstichen übersät. Als habe sie jemand mit ungezügelter Wut angegriffen. Aus Leonas Gesicht war sämtliche Farbe gewichen. »Woher …?«, stammelte sie. »Ich meine, wie?«

Peer war anzusehen, wie unwohl er sich in seiner Haut fühlte. »Jemand hat den Artikel mit einer Reißzwecke an die Wand über Thea Greulichs Bett gepinnt«, offenbarte er ihr zögerlich. »Wir gehen davon aus, dass es Bruhns selbst war, der …«

»Willst du etwa andeuten, er sei die ganze Zeit über hier gewesen?«, fiel Leona ihm ins Wort. »Hier, in diesem Haus?« Ihre Stimme hatte einen hohen, schrillen Klang angenommen.

»Darüber lässt sich im Moment nur spekulieren. Genaueres wird die Auswertung der Spuren ergeben«, wich Peer aus. Doch Leona konnte er damit nicht überzeugen. Sie sah so blass und verstört aus, dass Peer das Schlimmste befürchtete. »Alles in Ordnung mit dir?«, erkundigte er sich besorgt.

»Soll das ein Witz sein?«, platzte es aus Leona heraus. »Er hat Theas Auto. Ich hab ihn damit fahren sehen.«

»Du hast was?«, wurde sie von Peer unterbrochen.

»Na ja, gesehen ist wohl zu viel gesagt«, relativierte sie ihre Aussage. »Ich meine, wie hätte ich denn wissen sollen, dass er hinter dem Steuer sitzt. Ich …«

Sie brach ab und starrte Peer mit vor Schreck geweiteten Augen an. So, als wäre ihr die Bedeutung ihrer Worte gerade erst klar geworden. »Oh nein!«, stieß sie hervor. Sie suchte Peers Blick. »Sag mir, dass ich mich täusche«, flehte sie ihn an. »Sag mir, dass er ihr nichts angetan hat.« Sie schlug die Hände vors Gesicht.

»Wem etwas angetan?«, hakte Peer nach, der so langsam nichts mehr verstand.

»Marlies«, flüsterte Leona benommen. »Sie ist …«

In diesem Moment begann Peers Handy zu klingeln. »Boström«, meldete er sich ungehalten.

Leona beobachtete, wie er sein Handy ans Ohr presste und den Ausführungen seines Gesprächspartners lauschte. Während sie anhand seiner Miene auszumachen versuchte, worum es ging, begann sich ein schrecklicher Verdacht in ihr zu regen. Ein Verdacht, der bald zur Gewissheit werden sollte.

Leona sah, wie Peer sich an die Brust griff und erbleichte. Und wie sein Blick auf die leer stehende Garage fiel, als ob sich darin die Erklärung für all seine unausgesprochenen Fragen befände. »Oh mein Gott«, hörte Leona ihn stammeln. Und: »Sind Sie ganz sicher? Irrtum ausgeschlossen?« Peer schien in den letzten Minuten um Jahre gealtert zu sein. »Ich bin sofort da!«, rief er. Dann legte er auf und sah sie an. Leona konnte sich nicht daran erinnern, ihn jemals so verzweifelt erlebt zu haben. »Was ist denn los? Was ist passiert?«

Peer öffnete den Mund. Doch statt etwas zu sagen, traten ihm Tränen in die Augen.

Von grauenvoller Angst erfasst griff Leona nach seiner Hand. »Peer?«

»Marlies ...«, stieß Peer zwischen zwei Schluchzern hervor. »Sie hatte einen Unfall. Ich muss los.« Mit diesen Worten drehte er sich um und lief zu seinem Wagen.

35. KAPITEL

Der Notruf war um halb zwölf eingegangen. Der Anrufer schien unter Schock zu stehen, er klang entsetzt. »Sie müssen kommen«, schrie der Mann in den Hörer. »Es gab einen schweren Unfall auf der B 96. Bitte, beeilen Sie sich.«

»Sind Personen verletzt?«

Aus dem Hörer drang ein Schnaufen. »Sieht ganz danach aus.«

»Wie ist Ihr Name?«

»Wie? ... Was?«

»Ihr Name.«

»Ich heiße Klaus.«

»Und wie weiter?«

»Ulbig. Klaus Ulbig. Warum wollen Sie das denn wissen? Ich meine ...«

»Von wo aus rufen Sie an?«, wurde er bestimmt unterbrochen.

»Ich stehe mit meinem Kleintransporter auf der Rügenbrücke. Kurz nach der Auffahrt in Richtung Stralsund.«

»Was ist passiert?«

»Das hab ich doch schon gesagt! Es gab einen Unfall, einen schweren Unfall«, schrie der Mann mit sich überschlagender Stimme in den Hörer. »Zwischen einem Opel und einem Passat. Wobei Zusammenstoß wohl kaum der richtige Ausdruck ist.« Er schien nach einer passenden Beschreibung zu suchen. »Ich hatte eher den Eindruck, dass das Ganze kein Versehen, sondern Absicht war. Der Opel ist einfach in den Passat hineingerast.« Er schluckte hart. »Einfach so«, wiederholte er fassungslos. »Der Aufprall war so heftig, dass der Opel sich überschlug, das Brückengeländer durchbrach und in den Strelasund gestürzt ist.«

Als die Rettungskräfte am Unfallort eintrafen, bot sich ihnen ein Bild des Chaos und der Verwüstung. Der Passat war durch die Wucht des Aufpralls deformiert. Benzin war ausgelaufen. Um es binden zu können, musste die Brücke für den Verkehr gesperrt werden. Die Stralsunder Feuerwehr war mit sieben Fahrzeugen und einem Großaufgebot an Einsatzkräften an der Unfallstelle. Während Taucher sich hinab in den Strelasund zu dem Opel begaben, waren zwei Feuerwehrleute fast eine halbe Stunde lang damit beschäftigt, die bei dem Unfall in ihrem Wagen eingeklemmte Frau herauszuschneiden. Ihre Verletzungen waren so schwer, dass der vor Ort anwesende Notarzt sie sofort ins nächstgelegene Krankenhaus bringen ließ.

Aufgrund einer Halterabfrage war man irrtümlicherweise davon ausgegangen, dass es sich bei der Verunglückten um Leona Pirell handelte. Der Irrtum klärte sich erst auf, nachdem man unter den Sachen, die Marlies in ihrer Handtasche bei sich hatte, ihren Ausweis fand.

Das Krankenhaus benachrichtigte die Polizei, der die schwierige Aufgabe zukam, Marlies' Familie über den Unfall zu informieren.

Während Peer zu Marlies ins Krankenhaus fuhr, trieb es Leona zur Unglücksstelle. Sie musste einfach Bescheid wissen. Als sie dort eintraf, wurde Thea Greulichs Wagen gerade mit einem Kran aus dem Wasser gehievt. Obwohl sie alles Menschenmögliche versucht hatten, um den Fahrer zu retten, hatten die Taucher der Deutschen Lebens-Rettungs-Gesellschaft ihn nur tot bergen können. Er war im Fahrzeug eingeklemmt gewesen.

Bisher gab es keine neuen Erkenntnisse zum Unfallhergang und zur Identität der Leiche. Eine Halterabfrage hatte lediglich erbracht, dass der Wagen auf Thea Greulich zugelassen war – was für Leona ja nichts Neues war.

Sollte sich ihr Verdacht bewahrheiten, konnte es sich bei dem Toten nur um Olrik Bruhns handeln. Bruhns, der sich an ihr hatte rächen wollen und dabei einem schwerwiegenden Irrtum erlegen war. Denn es war zwar ihr Wagen gewesen, den er in ungebremster Fahrt gerammt hatte, aber sie selbst hatte nicht hinter dem Steuer gesessen, sondern ihre schwangere Freundin Marlies. Der Gedanke ließ sie zittern vor Angst und Wut und brachte sie zum Ausgangspunkt zurück und damit zum Grund für ihr Hiersein. Sie brauchte Gewissheit. Und um sich die zu verschaffen, gab es nur einen Weg. Sie musste einen Blick auf die Leiche aus dem Strelasund werfen. Diese würde später zwar ohnehin zu ihr in die Rechtsmedizin gebracht werden, doch so lange konnte sie nicht warten. Ein Polizist führte sie zu dem Toten. Als Leona den Transportsack öffnete, sah sie ihren Verdacht bestätigt. Auch wenn der Mann nur noch wenig Ähnlichkeit mit dem Bild aufwies, das sich in ihre Erinnerung eingebrannt hatte. Schon wegen des wild wuchernden Bartes, den er sich in den letzten Monaten zugelegt hatte. Trotzdem gab es für Leona nicht den geringsten Zweifel, dass es sich um Bruhns handelte. Doch statt der erhofften Genugtuung verspürte sie nichts als Leere in sich. Eine Leere, in die sich ein einziger Gedanke drängte. Der Gedanke an Marlies.

Sie war ins Hanseklinikum eingeliefert worden, wohin auch Leona nun fuhr und wo sie auf einen völlig neben sich stehenden Peer traf. Er erzählte ihr, dass Marlies lebensbedrohliche Kopfverletzungen und einen Beckenbruch erlitten und sich im Operationssaal befunden hatte, als er im Krankenhaus eingetroffen war. Aufgrund der Schwere ihrer Verletzungen hatten die Mediziner sich zu einem Notkaiserschnitt entschlossen. Während Peer wie ein eingesperrtes Raubtier über die Krankenhausflure gepilgert war, wurde Marlies von einem gesunden Jungen entbunden.

Er hatte den Unfall wie durch ein Wunder unverletzt überstanden und lag mittlerweile im Brutkasten auf der Frühchenstation des Krankenhauses. Was Marlies betraf, hatten die Ärzte sich wegen ihres kritischen Zustandes dafür entschieden, sie vorerst ins künstliche Koma zu versetzen. Peer wurde zu einem Gespräch mit dem behandelnden Arzt gebeten, der jedoch noch keine Prognose wagte. »Wir tun unser Bestes für Ihre Frau«, versuchte er ihn zu trösten. »Aber Wunder können auch wir nicht vollbringen.«

ENDE

*Weitere Krimis finden Sie auf den
folgenden Seiten und im Internet:*

WWW.GMEINER-SPANNUNG.DE

MAREN SCHWARZ
Inselfeuer
....
978-3-8392-1741-2 (Paperback)
978-3-8392-4745-7 (pdf)
978-3-8392-4744-0 (epub)

FLAMMENMEER Unter den verkohlten Trümmern eines Ferienhauses auf Rügen wird eine Leiche gefunden. Die von Rechtsmedizinerin Leona Pirell vorgenommene Obduktion ergibt, dass der Tote, Enoch Zwill, ermordet wurde. Schon bald gerät dessen Witwe Berit ins Visier der Ermittler. Die Ehe war alles andere als harmonisch, Gewalt war keine Seltenheit.

Leona glaubt jedoch nicht an Berit Zwills Schuld und beginnt auf eigene Faust zu ermitteln. Damit bringt sie sich in tödliche Gefahr.

WWW.GMEINER-VERLAG.DE
Wir machen's spannend

MAREN SCHWARZ
Eisschwestern
....
978-3-8392-1440-4 (Paperback)
978-3-8392-4193-6 (pdf)
978-3-8392-4192-9 (epub)

LÜGENFALLE Leipziger Buchmesse. Die erfolgreiche Krimiautorin Blanca Büchner stellt ihr neustes Buchprojekt vor, das auf einem realen Kriminalfall beruht. Damit begibt sie sich in tödliche Gefahr, denn jemand hat großes Interesse daran, dass die Geschehnisse im Verborgenen bleiben. Wenig später verschwindet Blanca spurlos.

Der pensionierte Kommissar Henning Lüders beginnt auf eigene Faust zu ermitteln. Seine Nachforschungen führen ihn vom Vogtland an die Ostsee, wo er auf ein eiskaltes Geheimnis stößt …

MAREN SCHWARZ
Treibgut
....
978-3-8392-1232-5 (Paperback)
978-3-8392-3795-3 (pdf)
978-3-8392-3794-6 (epub)

ABGRUNDTIEF Elena Dierks gibt sich die Schuld am Tod ihrer Tochter Lea, die an einem stürmischen Wintertag im Kinderwagen über die Klippen der Kreidefelsen auf Rügen ins Meer gestürzt ist. Sie verliert darüber den Verstand und wird in die Psychiatrie eingeliefert. Jahre später glaubt sie, ihre Tochter im Fernsehen in einem Bericht aus Amerika erkannt zu haben. Das Schicksal der jungen Frau geht einer in der Psychiatrie beschäftigten Schwester derart unter die Haut, dass sie dem pensionierten Kommissar Henning Lüders davon erzählt. Er nimmt sich der Sache an und macht eine unglaubliche Entdeckung …

GMEINER SPANNUNG

WWW.GMEINER-VERLAG.DE
Wir machen's spannend

Das Neueste aus der Gmeiner-Bibliothek

Unser Lesermagazin

Bestellen Sie das kostenlose Krimi-Journal in Ihrer Buchhandlung oder unter www.gmeiner-verlag.de

Informieren Sie sich ...

www ... auf unserer Homepage:
www.gmeiner-verlag.de

@ ... über unseren Newsletter:
Melden Sie sich für unseren Newsletter an unter www.gmeiner-verlag.de/newsletter

f ... werden Sie Fan auf Facebook:
www.facebook.com/gmeiner.verlag

Mitmachen und gewinnen!

Schicken Sie uns Ihre Meinung zu unseren Büchern per Mail an gewinnspiel@gmeiner-verlag.de und nehmen Sie automatisch an unserem Jahresgewinnspiel mit »mörderisch guten« Preisen teil!

WWW.GMEINER-VERLAG
Wir machen's spanne